崩堤之夏

◎島田莊司推理小說首獎作家◎

黑貓C

全新力作

二〇一九盛夏，黃大仙摩士公園連儂牆下血跡斑斑，

不知從哪一刻開始，全香港都瀰漫著無力、絕望的情緒；

一樁完美的「不在場證明殺人案」於焉而生⋯⋯

【目錄】

作者序

香港自二〇一九年夏天爆發「反送中」風暴以來，經過大半年，政府和市民之間的衝突依舊沒有減卻，在可見的將來亦不見有平息的可能，反而演變成一種敵我對抗，官民衝突亦轉化為警民戰爭——我想其實香港正處於一種特殊的戰爭狀態，因此人性的陰暗面表露無遺。看看有交通警察騎電單車（摩托車）衝向人群，官方最初的回應是希望市民明白當值警察未必需要遵守交通規例，例如在執法時可以衝紅燈，聽起來示威者跟交通燈無異。無獨有偶，根據二〇一九年十月的一項民意調查，大多數市民都漸漸接受激烈的抗爭行為，只有約百分之二的受訪者表示「難以接受示威者破壞交通燈」，至於「難以接受示威者攻擊警察」則更少；換言之警察在市民眼中比起交通燈更不值得同情，畢竟交通燈也算無辜。半年過去，如今並列兩則新聞，感覺互相呼應，警察與市民都視對方為交通燈之類的存在，這已經是無法化解的、一種你死我活的死結。

黑貓C

外人也許很難想像今天香港互相敵視的程度：市民有多憎惡警察，警察就有多仇恨市民。當權者的應對方法是軟硬兼施：對於激進的絕不姑息，對於溫和的則極力迴避，希望能用時間沖淡一切。然而三十年來維多利亞公園的燭光始終沒有熄滅，所謂軟硬兼施不過是掩耳盜鈴，大概直至其中一方完全消失才能讓戰爭結束，這正是「你死我活」的意思。不過正在香港發生的戰爭有點特殊，大家都不願意弄髒自己的手，所以這場戰爭不是互相奪取性命，而是通過公開羞辱、凌虐、咒罵來剝奪敵人作爲人的尊嚴。

現在二〇二〇年，雙方各走極端，兩端的聲音響亮蓋過一切。然而我相信大部分人並非打從最初就站在最極端的位置，是什麼原因令到情況急速惡化、一發不可收拾？如果可以回到二〇一九年的夏天，重演一遍歷史會否有不一樣的結果？抑或歷史往往會朝著最壞的方向走？

當然我們無法回到過去，過去只存在於人的記憶，成爲歷史。回想起學生時代，歷史課是多麼的沉悶，那些所謂歷史的大日子是多麼的難記。可是去年夏天，六九、六一二、七一、七二一、八三一、十一、一一一一，幾乎所有大事件的日期都牢牢刻在腦內，彷彿自己正在經歷那些將來要記載在教科書上的歷史那般；那些數字是應該寫在書上的，而不是夏秋之交的政治風波。想到這裡，當時的我便決定要寫點什麼，正如人民要發聲，即使對方不願聆聽。

專文推薦：

非常配合時事，卻又發人深省的一篇「推理」小說

台灣推理作家協會秘書長　張東君

在由於新冠肺炎流行而總是會戴著口罩的時候，讀著書中路人為了不同目的發口罩、戴口罩的小說。在二二八這天搶先看黑貓C的小說，想到從小聽長輩們說的「不能在外面說的家族親身經歷」。隨著《崩堤之夏》的情節，回憶起剛帶完金門戰鬥營，知道有些學員到中正紀念堂前靜坐，到現場去找他們，問他們究竟知不知道自己是為了什麼坐在那裡，而不是只因為看到六四，覺得那樣「很帥氣」、「因為大家都來」的從眾……

自從我大學時初次造訪香港以來，我去的香港都不是觀光路線。就連我真的很想在參加會議之餘抽空當個觀光客到半島酒店吃下午茶，最後也只落得買個芒果布甸外帶，邊走邊吃的回自己的旅館拿行李到機場趕飛機的沒氣質下場。我會去的地方是海洋公

園、動植物公園、嘉道理農場、米埔，還看過野生的豹貓，所以，這本書中的香港，對我來說就像是個未知的、平行時空中的世界；主角的經歷經驗，是像島田莊司不遺餘力推動的推理小說內容。只是很遺憾的，在盡可能抽離現實的追著故事走向的同時，腦袋中的某個部分，仍舊不停地在提醒自己「這件事真的，發生在，熟悉的，那個香港。」，正如我初次看陳浩基的《13．67》一樣。

我真的很佩服黑貓C可以在這麼短的時間內就完成這樣非常配合時事，卻又發人深省的一篇「推理」小說。故事並非一面倒的從特定觀點出發，而是在背景不同、職業相異、立場多樣的幾個主要人物之間跳躍，讓我們能夠客觀的認識發生在近鄰，從而影響自己的事件。而且，雖然這個故事告一段落，真實世界中卻仍在繼續。

假如我說《崩堤之夏》像個懶人包，那絕對是對作者的大不敬。不過假如沒有在平面跟電子媒體上追香港新聞的話，看這本書，便能夠對「時事」得到一個相當完整的概念。正如書中內容寫到的，我們不能否認有許多人，不論是哪個年齡層，的確有著非常、完全不會動搖的某種想法、信念，根本無法溝通。就像在台灣的選前選後，在某些社交媒體群組中的發言一樣，是個各說各話，甚至彼此攻訐，讓人非常哈囉的平行世界。而在這篇小說中，更是突顯了社交媒體在各種不同的運用方式之下所會造成的影響與結果，非常值得我們在轉分享、批評之前要點開訊息確認真假、要滑到主Po，看清楚樓主的眞意，免得我們在無遠弗屆的網路社會之中，不經意的就成爲有心人的馬前卒。推理小說，就是有這種提醒的作用在啊。

最後最後，要是我說我看完這個故事的最大收穫，是認識了「佩佩蛙」，會不會被大家唾棄呢？

專文推薦：

崩裂後的黑暗，黎明初昇之前夕

人氣作家　螺蜥拜恩

現今新冠肺炎疫情逐漸散播全球，不少人擔心現況，已慢慢淡忘「守護香港反送中」運動，然而，這件事並未因此停止。

由於政府和港警加強打壓大型活動，抗爭運動改為分進合擊，並訴諸經濟及國際面向之反抗，正如《崩堤之夏》中所言：「這是香港回歸以來，最大規模、歷時最久的公民抗爭之起步槍聲，任何人都無法回頭。」

而堅定理念與疑雲重重之神祕殺人案，亦透過本書離奇故事態態燃燒。

作者黑貓C本身是香港人，以力透紙背之勁道，描寫二〇一九年夏天，被催淚彈、煙霧彈、胡椒噴霧、和棍棒齊下，被摧殘到滿目瘡痍的香港人民，不同立場的雙方串起仇恨鎖鏈，字裡行間瀰漫著無望和憤怒，翻飛書頁流竄緊繃氣息，來龍去脈層層堆疊，建構起反映社會現實之小說架構。

閱讀《崩堤之夏》時，我無法像沉浸於暴風雪山莊推理模式那樣的溺於享樂，因爲這份擴散至讀者腦中的掙扎、無助和痛苦是血淋淋的眞實：第一位因「反對《逃犯條例》修訂草案運動」而自殺的男子，留下對政府的控訴；第二位遺留對香港人的叮囑；第三位將純粹的絕望飄散於風中。

在如此嚴酷的背景下，爆開一起詭異殺人案件，案件第一目擊者說謊，是不可信證人；被列爲嫌疑犯的凶手與被害者素未謀面，疑似是用來借刀殺人的工具；被害者屍身存在多處疑點，死前曾被密碼似的頻繁簡訊騷擾；示威者與鎮暴警察間之人際網絡錯綜複雜，現實交會虛構，嚴謹敘事背景成爲一道豎立在解謎者面前的巨大高牆。

除卻宣揚個人理念，作者細密入微地運用「反送中」時事鋪設謎團，四條故事支線獨立展開又交互融匯，每位登場人物皆曾以配角身分現身於另一條故事線，角色穿插於各章節間，串聯解謎線索。甚至於第一章首頁即隱藏伏筆，最終揭露謎底，按圖索驥、追溯蛛絲馬跡時格外有趣，不禁佩服作者佈局巧思。

《崩堤之夏》有六位主要角色，離港數年，但仍心繫家鄉的朱建玄是第一男主角。首章由其開頭，最初以旁觀者角度淡漠觀察示威事件，隨劇情進展，一步步深入事件中心。

在朱建玄的故事線中，便先以淡墨渲染，勾勒出其他角色面貌，例如：中學同學，時任港警的王良摩；奮力投身示威活動的大學畢業生柴建賢；柴建賢的舊日同伴，自稱胸前有聖母峰，實則為吐魯番窪地的大學編委會記者楚佩心。楚佩心一角於情於理皆為不可或缺之重要角色，紓解小說沉重氣氛，散播快樂散播愛就靠她了，所以戳瞎雙目也要稱讚她是萬丈高樓窪地起。

趙榛正高級督察則是王良摩的長官，從趙、王兩人角度，可得悉港警的觀點與難處，作者在宣揚個人理念的同時，不忘保留相同事件之相異看法，盡量保留事情眞實面貌，留予讀者獨立思考、判斷是非，這是我很尊敬的一點。

而在安全帽上張貼卡通大象貼紙，運籌帷幄、組織群眾行動，施展魔法般逃逸術的「象頭盔人」，則是全書最富神祕色彩的角色，他曾出現在每個主角身邊，行蹤詭密又讓人猜不著來頭。曾經我以為「象頭盔人」是「多出來的第六人」，即其實是由五位角色的其中一人扮裝，而答案呢……留予讀者自行領會吧，除了推理殺人凶手、推斷「象頭盔人」的眞實身分亦為閱讀《崩堤之夏》的樂趣之一。

如果硬要吹毛求疵，談談我對《崩堤之夏》有什麼微詞的話，大概是其中一名人物具有薄弱的「超能力」（不是電影《X戰警》能飛天遁地那種），在社會派推理小說中出現「超能力」，實在有些違和感，也增添了推理上的不穩定要素。

不過作者以「希克海曼定律」（Hick Hymalrs Law）強化論述，增加推理過程的精采度。究因該人物擁有的超能力，其面臨之選擇更多，辨識選擇、做出決定的時間也更多，猜出眞相的難度因而提高，藉此維持推理系統運作，彌補超自然現象之缺點。

經由特殊構造與高度寫作技巧，《崩堤之夏》展現了社會派推理之全新面貌。本書重點不在於製造二元對立，而是透過文學消弭仇恨、看清眞相。

分崩離析的二〇一九夏季，已無法回頭，走在這條路上的人亦無需後悔，繼續攜手並進走下去，總有一天，能看見黎明的光輝。

第一章

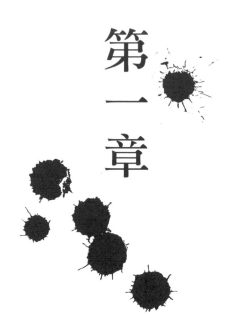

六個身影

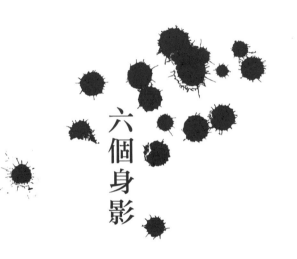

1

八九學運[1]的三十年後，超過十八萬香港市民齊集維多利亞公園，舉起象徵薪火的燭光，悼念六四天安門的死難者，警方稱晚會人數為一四年雨傘運動[2]後的新高——這則一個星期前的新聞隨我指尖在手機螢幕上快速掠過，我搞不懂為何Facebook把舊的新聞又推上來。

我關掉Facebook，打開Telegram看中學舊同學的群組，原來昨晚他們在我通宵工作期間傳了幾十則訊息。

王良：難得朱建玄回來香港，什麼時候我們出來晚飯敘舊？

M：好啊！剛好我有東西要給大家。

肥黃：不會是紅色炸彈吧？

K：還早啦，哈哈！只是月初我們去臺灣買的一些伴手禮。

……

諸如此類的閒話家常，尤其是阿M和阿K隔空打情罵俏，還有王良這個暱稱，都讓我回想起中學時代無憂無慮的生活；離開香港轉眼便是五年，同學敘舊確實是個不錯的主意。可惜昨晚我未能即時答覆，而現在就被對面的同事拉回到現實。

「阿玄，早晨啦，昨晚情況怎樣？」

淺藍襯衫的南哥把公事包放到旁邊桌上，友善地問候。

「早晨，昨晚很順利，清單上要檢查的事項都完成了。」

「辛苦你了，僅僅入職半個月就要在公司裡面過夜。但不要緊，我們都有經歷過，哈哈。」南哥大力拍我的肩說。

「我也明白爲何公司沒有女同事了，很多不便吧。」

「沒辦法，老闆的性格你應該比我更清楚。連我也沒猜到他要親自來驗貨，而且偏偏是今天。」

「今天？」我問。

「今天啊，難道你不知今天發生什麼事嗎？」

旁邊有人插話說：「『白色的阿玄』，抑或是『無色的』？不過他在公司過夜，大概

1　一九八九民主運動（八九民運），是以一九八九年四月中旬的「悼念胡耀邦」活動為導火線，由中國大陸高校學生在北京市天安門廣場發起，持續近兩個月的全國示威運動。

2　即雨傘革命，或佔領行動，指於二〇一四年九月二十六日至十二月十五日在香港發生的一系列爭取真普選的公民抗命運動。

不清楚我們今早上班有多麻煩吧。昨晚充其量也只是有人在橋上唱聖詩。」

剛說話的是紅哥，比南哥年長，亦比較嚴肅。但我不喜歡他。

紅哥續道：「這樣也好，別理會其他事。記住老闆下午要給客人示範，不容出錯，剩下來的幾個小時你們盡力測試軟件吧。」

我望著手上清單，答道：「明白了，我再檢查看看。」

「不，相同內容測試十次跟一百次都沒分別，試一下其他的用例吧。你們有沒有試過在自己手機安裝？」

我和南哥都搖頭。

「那就動手吧。」

語畢，紅哥便回到他的位子。而我亦只能無奈照著辦。這時候我看電腦右下角的時鐘，剛好是早上八點。

牆上掛鐘的時針轉了五個圈，紅哥就對著電腦唸唸有詞五個小時。其間他有打過幾通電話，立即變臉恭恭敬敬的，電話對面肯定就是老闆陳先生。然後又過了半小時，陳先生回到公司，氣急敗壞地關上房門。

紅哥微笑走來告訴我：「辛苦你了。」

我知道他在說謊，但他繼續說：「陳先生有事要對你說，馬上去吧。」

回想今早幾個畫面，我大概猜到發生何事，反而有種解脫的感覺。走到老闆房門前，那道門彷彿殘留著老闆剛才生氣的氣場，但門把比想像中輕，輕輕扭開，陳先生果然板著臉劈頭就說：

「朱建玄啊，要不是你父母拜託我也不會讓你來工作，不對，其實我公司規模不大，你來幹什麼呢？你又不是不知道我們要面對的是什麼客人。」陳先生連珠砲發：「或者應該問你回來香港幹什麼？你知道你父母花多少精力和金錢才能夠離開香港？你回去享受外國生活不是比較好？」

非常多的質問，但看來全部都是出自他的眞心，所以我也沒有反駁。

「其實你是個聰明的孩子，應該把才能用在其他更好的地方，而不是做一些不適合自己做的事。」陳先生嘆氣說：「念在我和你父母相識一場，我不會虧待你的，這個月的薪金不會少一分，你出去收拾好個人財物就離開吧。」

「感謝這段日子的照顧。」我輕輕點頭，再離開房間時，便看見一個瓦通紙盒放在位子上。

沒想過只在電視劇看過的情節會發生在自己身上。還好只是工作了半個月，私人物品不多，就幾本書、一個桌曆、一隻水杯、一些筆具和小擺設。瓦通紙盒很輕，不過抱著它走在路上很礙眼，就好像告訴別人自己剛被解僱一樣。不如去買個背包，把所有東西塞到裡面，然後扔掉這紙盒吧！可是這附近哪裡有賣背包的……原來我神不守舍已經抱著紙盒走了幾個小時，而且街上氣氛跟平日明顯不一樣。

——砰！

一聲巨響，四周湧來惶恐的尖叫，幾千人沿著大馬路正往我這方向奔跑過來。他們有些人戴了面罩、沒有的人則瞪著眼，幾百張慌張的臉亂叫。

「前面警察開槍了！」

「他們拿的是霰彈槍，不知什麼子彈！已經有手足頭破血流，被警察壓在地上打，大家快走！」

大喊的人高舉雙手猛推示意後退，但說時遲那時快，煙霧的拋物線擲在那人背後數米，巨響伴隨一陣白煙。

「走走走！」

「警察追來開槍喇！」

一浪逃跑喧囂接一浪警察擊盾推進步操，公路轉眼變成戰場，不斷有人在我耳邊跑過，剩下跑不動的就是吸入催淚氣體的人，像是蹲下來的我。我手臂好像被塞進火堆似的，強烈的灼痛感如蔓藤一直延伸上臉，刺痛得不斷流淚和流鼻水，亦控制不了呼吸，連腦袋都要被燒壞，十分噁心，好想吐。

「你、你沒事嗎？」

年輕聲音的主人是戴著安全帽和防毒面具的年輕人。他扶起了我，並拿出一枝生理鹽水，不斷幫我沖洗眼睛，我才慢慢喘息過來，勉強點頭向對方道謝。

「咦，你是來送物資的嗎？怎能什麼裝備都沒有。」

物資？那黑衣人翻看我扔在地上的瓦通紙盒，莫名其妙地拿出一個手辦模型[3]。

「咳咳，其實我只是路過這裡……原本我在附近上班的。」

即使隔著護目鏡，仍然感受到對方一臉不可思議。他連忙除下自己貼有卡通象貼紙的安全帽，蓋到我頭上。

「總、總之你跟其他人沿著公路往中環方向撤退吧，這裡太危險了。」

說著同時，政府總部方向又傳來數發槍聲。我只好抱著瓦通紙盒掉頭跑走，還忘記了跟那黑衣人道謝。

3 手辦經常會被當作人形（フィギュア），但其真正意義上的手辦都是表現原型師個性的Garage Kit（簡稱ＧＫ），是指沒有塗裝的模型套件。但現在很多玩家習慣手辦指人形的用法。（中國稱手辦，台灣稱公仔、ＧＫ模型）。

2

大約在五十年前，有位氣象學家發表了一場富有詩意的演講，或者演講題目用現今角度看來則有點像標題黨，題問在巴西輕拍翅膀的蝴蝶能夠在德克薩斯州刮起龍捲風嗎？這是「蝴蝶效應」的由來。今天，香港網民則笑問：沒有用安全套會引發第三次世界大戰嗎？

事源二〇一八年，一對香港情侶結伴到臺灣旅遊，期間二人在酒店爭執，少女表明自己已懷孕約五星期，但腹中嬰兒屬前男友。結果少年懷疑一時氣憤勒死少女，之後獨自返回香港，這宗殺人罪始被揭發。

由於疑凶在臺灣犯罪，港臺之間並無司法互助安排，香港政府藉此提出修訂《逃犯條例》草案，允許特區政府向中國以及其他地區包括臺灣和澳門移交嫌疑人，以免香港成爲「逃犯天堂」。但此建議引起港人對中國司法系統的憂慮，擔心香港法院沒有足夠權力拒絕內地的逃犯移交要求，變相令港人失去司法保障。

正反雙方爭論數月，雖未能釋除市民疑慮，但港府一如既往以強勢行政主導，提交草案予立法會內首讀。結果同月即二〇一九年四月二十八日引發十三萬民眾上街抗議，爲時任香港特區行政長官林鄭月娥上任以來人數最高的遊行。

自那天起，有更多市民關注《逃犯條例》的修訂，反對聲音越來越多，同年六月九日再有民眾上街反對修訂，主辦方宣布遊行有超過一百萬人參與，爲香港回歸中國以來人數最高。然而在遊行結束的當晚，特區政府宣布法案會如期進行二讀，並提前三讀，暗示修改條例是勢在必行。

想起九年前政府在警民衝突中通過高鐵撥款，五年前政府在爭議聲下通過新界東北發展計畫撥款，一年前政府在萬人遊行的反對聲裡通過高鐵一地兩檢；加上早前有六名反對派議員被相繼取消議席，市民都心灰意冷知道議會無法阻止法案通過，便孤注一擲號召民眾在法案二讀當日包圍立法會，以最原始的手段阻止議員進入立法會審議條例。

一呼百應，部分市民更在二讀前夕，即六月十一日晚上通宵留守立法會外，亦有基督徒唱起聖詩，現場氣氛時而輕鬆，時而緊張。

迎來六月十二日的早上，大批示威民眾湧現並堵塞公路，又有汽車慢駛企圖癱瘓交通阻止立法會議員到場。同時警方亦嚴陣以待，雙方互有衝突，氣氛愈趨緊張；加上謠言橫飛，有傳建制派議員已由祕密通道進入立法會準備審議法案，一度令示威群眾情緒高漲。

下午三時，警方決定以武力清場，示威者亦投擲磚塊等雜物還擊。誰都沒有想過，當時警方施放的第一枚催淚彈，正是香港回歸以來最大規模、歷時最久的公民抗爭的起步槍聲，任何人亦無法回頭。

往好的方向想，正是當日市民冒著子彈包圍立法會才把法案拉倒，這是近年來反對派的首次成功。但回頭想，反對派在每次立法會選舉的總得票都比建制派多，卻無法在議會內阻止任何法案通過，亦讓更加多人認爲立法會已經失去功效，也是越來越多人走上街頭的原因。

結果當日衝突共造成逾八十人受傷，數名示威者頭部中槍，當中包括一名教師右眼中槍；其後該名教師在醫院內被警方以暴動罪拘捕，更是激起了民憤，使「六一二」成爲整場運動其中一個不能忘記的日子。

其後根據警方公布，當日警隊共施放了一百五十枚催淚彈和二十多發低致命性子彈，包括橡膠子彈以及布袋鉛彈；但兩個月後在記者追問下，警方更新了武力數據，當日正確數字爲二百四十枚催淚彈以及五十多發低致命性子彈，包括不限於橡膠子彈、布袋鉛彈以及海綿榴彈。兩次公布，子彈數據相差幾近一倍，大概那時候就注定要在市民心中種下對警隊不信任的種子。

3

星期五的夜晚我再次回到中環，雖然與兩日前衝突現場有點距離，但皮膚彷彿有記憶般，面頰總覺得有些刺痛。我深呼吸一口氣，再睜開眼睛，中環街道依舊車水馬路，廣場中央的噴水池反射著五光十色的夜景，我想今天週五一定有不少人放工後到蘭桂坊喝酒消遣，幻想到街道兩旁的空酒瓶，兩日前應該只是偶爾的不正常吧？

或者這裡曾經爆發暴動、或是槍林彈雨，總之平日就會恢復平靜，太陽照常升起，中環上班族照常上班，香港就是這麼一個神奇的地方，大家對所有事情一向都是三分鐘熱度。

「阿玄！」

南哥充滿朝氣的打招呼聲音十分好辨認。我跟他點頭問好，他便遞出一封信件，續道：「這就是我說的那封信，你把它留在抽屜裡了。」

「謝謝你特意拿來給我。」

「不客氣，但我趕時間要離開了。你也早點回家吧，今天人多也不知會發生什麼事。」

「週末不是一定人多？」

「又來這套啦。」南哥仔細打量我一番，他的眼神是眞誠的，又問：「香港媽媽集會啊，就在遮打公園那邊。你前天沒聽特首說的『母親論』嗎？」

我輕輕搖頭。「我對這些事情不太理解。」

「比起『無色』，還是『白色』好一點。雖然老闆沒有解釋爲何要即時解僱你，但我們大概都猜到啦。像你這樣喜歡收起表情的人，往往內心都很有想法吧。」南哥沉默半晌，續道：「反正就是特首說她身爲母親的角色，不能子女要求什麼就給予什麼，否則就是寵壞了他，待他長大反過來會責怪母親爲何當時不好好引導自己。但哪有母親是用槍指著自己兒女說教育的？那些『香港媽媽』不願變成『天安門母親』，便出來集會請願了。」

「原來是這樣。但好像也有母親以外的到場支持呢。」

我指向公園入口一位青年，黑衫黑褲，頭染金髮。不過南哥比較留意入口旁邊的一位少女，及肩短髮，拿起電話拍攝公園內的集會。話說那少女的背包側邊吊著一個放大鏡，總覺得很久沒見過放大鏡這種東西了。

「那女生很可愛啊。」他說。

我答：「她應該是記者之類吧。看集會吸引越來越多人，事件還會一直延續下去，眞麻煩。」

「說起來你在這個時期被解僱也很不幸，要找工作暫時很困難了。」阿南摸著後腦苦笑說：「雖然我未必幫得上忙，但如果你有需要就whatsapp告訴我吧。」

「謝謝你。」

「那就早點回家吧。警察雖然看起來很粗暴，但他們的工作就是要維持秩序，這是遊戲規則，不是嗎？」

「我同意。」

我目送南哥的身影消失在人群中，有點內疚其實我剛才沒怎麼聽他說話，因爲眼前確實有更切身的問題被他提醒了。如此時勢，工作怎麼辦？

此時我褲袋裡的手機響起通知，我打開手機看，是舊同學群組傳來的訊息。

肥黃：朱建玄，你怎麼突然被解僱了啦？之後打算怎樣？

我：爲什麼你會知道的？

肥黃：你父母在你的Facebook留言，叫你回家啊。

畢竟工作是父親介紹的，所以他們一定知道。正因如此我才喜歡那工作。可是現在留在香港沒有收入，能怎麼辦呢？

肥黃：其實我有份工作可以介紹給你啦，工資不高，但至少足夠你吃了。

我：願聞其詳。

肥黃：我在旺角原本租了一個地方用作共享型自修工作空間，不過香港變成這樣，我看一時三刻衝突都不會平息，所以我打算暫時離開一下，就當作去散心。至於旺角的工作室總不能放置它白賠租金吧？不如你幫我管理工作室？

我：可是這時勢經營自修室能賺錢？

肥黃：現在是很難賺錢，但你可以用來幫助年青人之類的，這樣很快就會在網上廣傳說我們是良心自修室，待風波結束我就再賺回來啦。

我：關於你天才的建議，我會考慮一下。

肥黃：工作室地方眞的很不錯喔，甚至夜晚你住裡面也不會有人知道，反正我打賭這個月警察會忙得不可開交，才不會管其他事情。

我：這個月我也有租地方住，晚點我再決定吧。

肥黃：好啦，我月底就要離開，你有興趣的話早點聯絡我。

關掉聊天軟件，我心想，其實肥黃的提議也挺有趣的。

4

翌日，六一二金鐘衝突後的第三天，事情迎來了轉機。在民怨日漸高漲的情況下，特首林鄭月娥終於露面發表聲明，宣布無限期「暫緩」修訂逃犯條例，唯堅持修例初心因此不會「撤回」。

正是這番講話，令到民情向更壞的方向轉變——如過山車爬到最高點短暫停頓，下一秒示威者需要作出選擇，究竟接受還是拒絕政府的「讓步」？

結果有人用自己的性命回答。當日下午，一名市民身穿黃衣雨衣危站金鐘太古廣場外牆的工作台，並懸掛寫有「全面撤回送中／我們不是暴動／釋放學生傷者／林鄭下台／Help Hong Kong」等抗議標語。

危站期間眾多市民不停大叫，輪流勸說黃衣人要一同走下去，警察談判組與消防員亦有到場協助，可惜五小時亦未能打破僵局，直至晚上黃衣人爬出工作台一躍而下，即使地面已經打開救生氣墊，亦無法阻止一心尋死的人。

上千市民親眼目睹慘劇，上萬市民透過新聞直播在電腦螢幕前流下眼淚；結果過山車暫留高點只是在燃點引擎，民怨注定要衝往另一個沸點。

六月十六日，二百萬民眾上街示威。這次遊行增添了一個訴求：譴責警隊濫用暴力。大會宣布遊行人數爲二百萬零一人，示威者之間亦多加了一句口號：齊上齊落。一個自殺也嫌太多，太沉重了。

「六一六大遊行」成爲香港有史以來人數最高的遊行，亦很難超越，因爲後來警方開始用「無法有效維持二百萬人的秩序」爲由反對大型集會。值得一提的是，在此前一直保持最高紀錄的爲「五二八大遊行」，那年一九八九年，一百五十萬香港人擠滿中環，爲北京天安門廣場絕食的學生聲援。

香港六月的遊行，到處都是三十年前的影子。每次當要號召大規模遊行，網上都會用一張動態圖片鼓勵大家上街。那圖片截取自六四事件的紀錄片，一位北京學生對外國記者說：「去遊行，天安門廣場。」記者問：「爲什麼？」學生以陽光般的笑容回答：「因爲這是我的職責。」

但有一個夢　不會死　記着吧
無論雨怎麼打　自由仍是會開花[4]

「——剛去遊行了嗎？」

兩名軍裝警員突然把我攔在微弱的街燈下。一名警員要求交出身分證，另一警員則檢查我的背包。很快，他就找到一件他認爲「很可疑」的東西，拿出一頂黃色安全帽，是六一二當天那黑衣人送給我的。

警員質問：「為什麼要帶頭盔出街？」

「頭盔是我時裝的一部分，我可是時裝達人的化身。」

「別跟警察說廢話，你再這樣就是故意阻礙警方執行職務，即是阻差辦公。」

我聳肩答：「那根據《警察通例》第二十章，我要求這位警察出示委任證。」

我與那位軍裝警員四目相交，互相視線都沒有離開對方。這時候有位白色制服的高級督察走來，代為出示警察委任證，並道：「我姓趙，耽誤你的時間不好意思，麻煩你可以配合警方。」他又對下屬說：「假如這位市民身上沒有可疑物品，搜查程序就完成，就可以放人了。」

軍裝警員忿忿不平地把安全帽放回背包，遞了給我，並道：「檢查一下裡面有沒有東西不見，別說警察偷了你的時裝。」

「東西都齊，謝謝。」

白衣督察亦禮貌回答：「感謝你跟警方合作，你可以走了。夜晚路上小心。」

4《自由花》：一九九三年民運人士王希哲獲釋，他接受傳媒訪問時哼唱了臺灣歌手鄭智化的《水手》的副歌。當時香港支援中國民主運動聯合會的成員看到訪問後，決定請人以粵語重新填詞寫成《自由花》，作為每年香港六四紀念活動的主題歌曲。

5

話說六一六當天，好奇心驅使我走上街頭，見證了二百萬人遊行，讓我想起五年前的一首歌。

一起舉傘　一起的撐
一起儘管不安卻不孤單　對嗎
一起舉傘　舉起手撐
一起為應得的放膽爭取　怕嗎
任暴雨下　志向未倒下
雨傘是一朵朵的花
不枯也不散[5]

雨傘革命當時我不在香港，想不到五年後的花海綻放得更茂盛。示威活動亦像擁有了自己生命般有活動週期，通常以週末最爲激烈，到了平日大家稍爲平靜下來。因此星期日過後，我便回復平常生活，在家一邊打電玩，一邊看電視的新聞直播。

「不行，走進窄巷會被敵人包抄。」說著同時我連點滑鼠左鍵，精準地用了三發子彈射死了守在窄巷出口的一名敵人。

耳機傳來一位隊友的答話：「我們小隊被孤立了，看雷達敵眾我寡，只能選一邊強行突破。」

「如果有第三個選擇就好了，如魔法般眾目睽睽之下消失在死胡同裡面……」

但這是現實，不對，就算在電玩世界裡也是很殘酷，話還沒說完我和另外三名隊友就戰死於窄巷內。雖然我對自己玩第一身射擊的遊戲頗有信心，但要跟陌生人組隊還是有點困難……抑或是我的對手更習慣與陌生人組隊嗎？對面玩家的默契明顯高於我方，這樣勝敗也是可以預料得到。

突然旁邊的電視畫面一轉，嘈雜的拍照聲過後是特區行政長官再次現身記者會上。特首林鄭月娥向就修訂逃犯條件所引起的風波，向每一位香港市民眞誠道歉。那時候正在看電視直播的我感到不安。一如以往，她都正嘗試對市民作出讓步，卻每次講話都引來更大的抨擊。

六月十八日，特首作出道歉的同時，亦暗示了不會撤回條例，更不會下台。雨傘的

5《撐起雨傘》：香港音樂界為「讓愛與和平佔領中環」（及後發展成為雨傘運動）而寫的歌曲，主要寫給那些佔領人士為他們打氣和鼓勵，為雨傘運動的代表曲之一。雨傘運動清場前，示威者在佔領區紛紛寫下「We'll be back」的留言，五年後確實重臨舊地，實現了雨傘花不枯也不散的承諾。

花，不撒不散，那正是另一個無法回頭的分岔口。我想，也許她是個出色的公務員，但不適合當特首。

——應該把才能用在其他更好的地方，而不是做一些不適合自己做的事。

我記起了那天陳先生苦口婆心的話，這時候手機傳來兩則訊息：來自父母的不用看也知道內容，另一自肥黃的訊息則來得合時，我按下回應。

我：我決定多留在香港一陣子，順便幫你暫管工作間。

肥黃：好啊，只要別在工作間做什麼犯法事就行，哈哈。

但很抱歉，沒人料到竟會一語成讖，他的自修工作間將會是殺人現場。

第二章

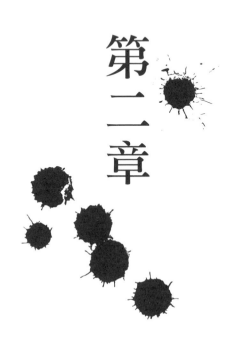

不默而生

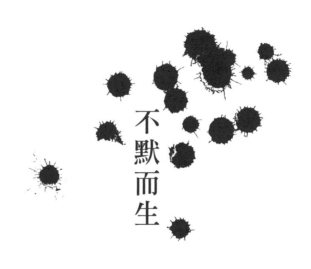

1

「柴進賢！現在幾點鐘了，你今晚又去哪搞事？」

甫回家，家中兩老就從沙發站起，穿中山裝的父親劈頭質問我的行蹤。

「和同學踢足球……」

母親馬上打斷我的話：「不用隱瞞了，有人把所有事情告訴了我們，還有照片呢。我們全家的臉都被你丟光了！」

父親附和大罵：「又派什麼港獨傳單，還出去扔磚頭，你看看自己正在做什麼！大學畢業就做廢青不工作，還把頭染成金色，成何體統！」

「沒有港獨傳單，是要求撤回送中條例。而且我也沒有扔磚頭啊！」

父親指著電視機說：「剛剛特首就說了要撤回條例，你們還在要求什麼？你被民主派那些政棍利用都不知道！」

「那是暫緩修訂，不是撤回——」

「根本一樣！我供你讀書是想你貢獻社會，而不是學得一口歪理，只會在字眼裡挑毛病。」

「我不想跟你們討論這話題……」狹隘的客廳，放了一張沙發，一張飯桌，一個電視櫃，中間就只夠兩個人通過。我要勉強擠在父母中間的空位才能穿過客廳，走回房間。

關門之際，父親繼續追罵：「你再跟那些暴徒一起，早晚會被警察打死，別以爲有人會可憐你——」

砰！

我用盡全力關門，用關門聲蓋過他們的叫喊。我不知道用木塞堵住沸騰的燒水壺是否有效，但我還有選擇嗎？

按下冷氣遙控，我爬到床上，拉下窗簾，把一切聲音和光線隔絕，伸手不見五指，房內只有冷氣機的噪音在長響。

雜音中，我想起有人說過，我們這些一九九七年出世的是被命運選中的孩子。出世那年香港回歸，〇三年幼稚園畢業香港爆發SARS造成近三百人死亡，〇九年小學畢業換成豬流感爆發被迫停課，一五年中學畢業文憑試卻在雨傘革命後的餘波度過，辛辛苦苦捱到大學畢業，即是今年又來另一場革命。

如果說我們是被命運選中，我們的任務大概就是要推翻這個暴政。

我們這代出世的，第一次接觸社會運動並不是一四年的雨傘革命，而是一二年的反國教運動[1]。

反國教運動是我們的政治啓蒙，後來經歷雨傘革命體會更深，到現在反送中我幾乎每場運動都有出席，就連母親集氣大會我也參與支持。我看見台上的母親，還曾經想過如果我的家人跟我立場一樣會是多好，但當然不可能。我知道他們支持政府，還是最傳統的「君君臣臣父父子子」的概念，卻不知道問政於孔子的齊景公是個昏君。所以我每次運動後都換成白衫才回家，免得被他們發現——

咦，好像哪裡有點奇怪？不是他們發現我上街派傳單，而是有人告發，還附上照片。告發的人究竟是誰？剛才他們說我丟了全家的臉，換言之那照片是貼在那些親戚或者友人的群組，打小報告的人應該就在群組內。

所以那人跟我有多大仇怨？還要拍照作證據。更想問的是，究竟告發我的人，他是碰巧看見我在派傳單，還是監視著我？

我把放在床頭的手機拿過來看，短訊頁面是一行行重複的訊息，來自不同號碼，卻是相同內容。

6582xxxx：收手吧，柴進賢——18Jun19, 4:00am

6693xxxx：收手吧，柴進賢——17Jun19, 4:00am

6110xxxx：收手吧，柴進賢——16Jun19, 4:00am

6596xxxx：收手吧，柴進賢——15Jun19, 4:00am
6171xxxx：收手吧，柴進賢——14Jun19, 4:00am
6415xxxx：收手吧，柴進賢——13Jun19, 4:00am

第一次收到這種手機訊息是六一二遊行後的凌晨，那一天我沒開靜音，凌晨四點就被這奇怪的短訊吵醒。起初以爲是什麼惡作劇，但今天已經收到第七個相同的手機訊息，每次更是轉換不同號碼，肯定是太空卡[2]。如此執著，已經超出了惡作劇的地步，究竟對方想怎樣？

寄手機訊息的人，跟向我父母打小報告的，會是同一人嗎？

報警？六月十日，警察以納粹黨衛隊方式在地鐵命令十數年青人罰站一小時；六月十二日，教師被射盲眼，患癌大叔中槍兼被拘捕，還有少女被扯掉上衣拖行數十米……我剛剛才上街譴責香港警察，現在叫我報警求助？

別開玩笑，別開玩笑了……

---

1 反國教運動：香港政府曾在二〇一二年決定於中、小學增設德育及國民教育科，並且列為必修科，引起社會極大回響。當時黃之鋒與同校中學同學組織學民思潮，積極籌組反國教運動，拒絕洗腦教育，並在九月開學前發起升級行動通宵留守政府總部外絕食，同時有數以萬計的市民到場聲援，最終迫使政府撤回德育及國民教育科。

2 太空卡：無需登記身分的電話卡，難以追蹤電話用戶。

2

示威活動沉寂數天，到了星期五，果然又有行動。由於政府並沒有在星期四的死線前回應大專學界的四大訴求[3]。因此在六月二十一日的星期五，學界代表宣布行動升級，並號召學生以及市民到金鐘圍堵政府總部。唯當日政府總部關閉，在嘗試包圍附近幾個政府機構後，現場作出一個決定……

「警總要人！」

我收到公海[4]傳來的訊息，當時是下午四點半。於是我立即把訊息轉發到同學群組內。

我：有沒有人跟我一起包圍警察總部？

同學A：好像不太好吧……警總我們不能衝擊啊。

同學B：對，警總裡面有槍械，我們衝入警總，警察便能誣蔑我們要搶軍火，會開槍殺死我們的！

同學C：那是陷阱啦！誰發起衝警總的，那個人肯定是鬼[5]。

我：可是他們都開始行動了，我們不去支援，難道就看著他們送頭[6]？

結果沒有同學回覆。我知道我們都害怕，但誰不害怕被捕？正因爲害怕，我們才要互相照應，勇武派衝鋒陷陣，和理非[7]要成爲勇武派的後盾，我們才能夠齊上齊落，一起打贏這場抗爭。

趕緊換上黑色上衣跑出門，乘地鐵到金鐘站，來到警察總部外面馬路時已經夜幕低垂，卻是人山人海，目測超過一萬名示威者。情緒高漲的群眾把警察總部門口擠得水洩不通，一群群黑衣人從行人路一直排到馬路上，佔據整整四條行車線，就連警察總部對面的行車天橋都站滿了黑群。我也只能夠擠到十字路口處，勉強看到總部門口，中間已經相隔了好幾百人。

「這裡有口罩隨便拿，有沒有人要口罩？」

交通燈旁有位少女手持一盒外科口罩叫喊，意味著周圍都有新聞記者，至少戴上口罩別讓鏡頭拍攝到自己容貌。我有點不好意思的上前領取口罩，問道：「我剛剛收到訊

3 四大訴求：撤回《逃犯條例》修訂、收回六一二暴動定性、撤銷被捕市民檢控和追究警察濫用暴力。
4 公海：所有人都能參與的公開群組，主要是Telegram群組。
5 鬼：不是自己「人」，就是「鬼」，即是內鬼、間諜。
6 送頭：白白犧牲，送出人頭讓對方收割。原本是電玩遊戲術語，在抗爭中引申為白白給警察拘捕。
7 和理非：和平、理性、非暴力。三者為香港主流民主抗爭的主張，與屬少眾的勇武派抗爭相對。

息就馬上過來，現時情況怎樣？」

「除了中午警察總部有警員出來嘗試談判，之後就一直關門下閘躲在總部內。」也許是現場氣氛熾熱，人民吶喊的聲音越來越響，還有敲打雜物發出的「噹噹」聲，少女提高聲量喊叫亦越來越激動。「現時我們包圍了警察總部的所有出入口，後門和天橋都有手足看守——」

對話中途，忽然行車天橋那邊群眾起哄，記者一擁而上，閃光燈好比照射燈般聚焦在馬路上的男人。那男人同樣身穿黑衣，卻跟周圍的示威者爭執起來。

「那人是警察，包圍他！」

那位被包圍的、身材高大的男人，確實梳有警察常見的平頭裝；面對示威群眾面無懼色，亦好像受過專業訓練的軍人，站在指罵自己的人前毫不動搖。

旁邊另一示威者說：「一直看他鬼鬼祟祟用手機偷拍，又用耳機跟誰報告，又獨自一人沒有幫忙，肯定是便衣警察來監示我們的。」

「便衣警察執行職務一定要出示警察委任證，委任證在哪裡？」

「委任證！委任證！」

然而疑似警察的男人依舊沒有回應，只是推開擋路的人打算離開。

「別讓他逃！」

激動的示威者衝了上前，其他人見狀立即捉住衝前的人的手制止。我亦一樣跑過去勸阻：「不要打人，我們無法對他做什麼，放他走吧。」

在場有人同意。「沒錯，別浪費時間在他身上，他混入人群只是想製造混亂罷了。」

「放他走！放他走！」

現場有了共識，大家便讓出空間，一邊辱罵那位懷疑是警察的人，一邊趕他離開。當然亦有人不忿氣。「黑警無恥，今晚他們一定要給公眾交待清楚、要爲濫用暴力道歉！」

「各位讓開！」隨即有數人在馬路外搬運鐵馬，把鐵馬運往警察總部門前。

同時前方亦有示威者舉起雙手做手勢，兩隻食指連成一線，是要求索帶的手語。這手語一個傳一個，舉手如海浪般撲來；後方就開始有人傳遞物資，一手傳一手，索帶如回音般送往前線。若然沒有猜錯，前線示威者要用索帶綁紮鐵馬等障礙物，打算要完全封鎖警察總部的閘門吧。

「下雨[8]了！好大雨啊！」

8 下雨：現場喊下雨通常是句暗號，呼籲大家開傘遮蔽攝影鏡頭，方便前線行動。

沒有春雨，但絢目的雨傘「遍地開花」，長滿路上。接著「砰砰」巨響，群眾用鐵枝砸打總部外圍的閉路電視，又在外牆噴上「黑警濫權」、「狗察」等抗議標語。亦有人向警徽投擲雞蛋，牆壁滿目瘡痍，原本充滿威嚴的警察總部外牆轉眼變成臭氣熏天的後巷那般。

我幫忙傳送物資，同時自言自語：「但這樣眞的有用嗎？」

在我前面接物資的少年回答：「這就是人民的聲音，不給他們發洩的話後果會更嚴重。」

「不過你認爲警察會坐視不理，放任我們圍攻警察總部？」

「如果警察總部沒有祕密通道的話，他們整棟大廈包括後勤職員都被我們圍困於此，確實不可能坐視不理。」

我補充說：「再者，即使警察現在不行動，到了凌晨尾班車前人群散去，包圍人數減少，那時候警察就能輕易清場和拘捕示威者。怎樣想都很危險耶！」

「即使如此你還不是留了下來嗎？」

說得也是，我還幫忙傳送物資，前線手足就是用我給他們的索帶綁住警察總部的鐵閘，其實我們已經是一伙了，所以明知有危險也要留下來，而且前線所冒的危險比我要多百倍。

「咦？」不經意間我看見他頭上安全帽貼了一枚卡通象的貼紙，我有點好奇，問：「你不怕頭盔有記號被別人認出身分嗎？」

「這是我的覺悟，雖然現時還不足夠……」他很快便轉了話題。「我去跟前線商量，看看他們打算什麼時候撤退。」

「我也……」話還沒說完，他便已鑽入人海，融化在黑群之間，好像想逃避話題似的。唯有先不管他，我要做我現在能夠做的事。

不過什麼是我能夠做的事？

「有狗[9]在錄影！」

遠望過去，警察總部旁邊側閘位置的示威者又再起哄，大概有警察在閘後拍攝，於是大家整齊叫喊：「黑警！黑警！黑警！」

我留在現場所能做的事大概也是如此，不自覺地跟隨群眾呼喊。起初也許會不習慣喊口號，但回想起六一二當日催淚彈落在面前的畫面，大家慌忙尖叫爭相走避，同時警察就跑來擒住了我身後的同學……放開喉嚨大叫一聲「黑警」，內心好像釋懷了些。

周圍的人也肯定是這樣想，每喊一聲都是震耳欲聾，不知不覺間已經晚上十點，但

9 狗：對警察的貶稱，同理狗車是警車的貶稱，狗屋是警署貶稱。

人群有增無減，現場情緒更是激動，連我的心跳亦加速起來。

接著又過了好些時間，終於有議員出現介入，舉起揚聲器嘗試爲眾人情緒降溫。即場反應有人認同、有人反對，尤其這場運動沒有大台[10]，我們不能重複五年前的錯誤，大可視泛民主派或者什麼議員爲無物，沒必要聽他們指揮。

然後經過一番討論，又有人提議舉手投票決定去留。畢竟快要十二點，即使是星期六也有人明天要上班，或者要趕尾班車回家；到十二點情況一定有變，變好或變壞。

忽然前面的人說：「好像有什麼聲音？」旁邊也跟著紛紛回頭望向馬路，救護車的鳴笛聲則緩緩接近。很快，現場又傳來消息，救護車是警察總部召喚的，說是總部內有孕婦感到不適。

「肯定是謊話。」旁邊的人說：「就是想利用救護員來解圍，他們當救護車是計程車啊？」

另外有人冷靜回話：「我們無法證明他們說謊，只能讓路，免得被抹黑。」

「讓路給予救護車吧。」

群眾再次舉手示意散開，讓救護員下車後走到警察總部門口，但警察卻沒有開閘。有說害怕開閘會引來示威民眾衝進裡面，又或者什麼原因；擾攘了廿幾分鐘，救護員才得以進入總部裡面，救出傷病者；不經意間已經過了十二點，結果投票什麼的都沒有發生。

「要回家就是現在了。」

有一瞬間以爲是我在自言自語，原來不止我一個人是這麼考慮。我心想：「再不回家的話兩老肯定會發瘋……沒辦法，至少我盡了力。」

一個人來，一個人走。走的時候每分鐘都在擔心警總手足的安危，會不會有大批警員突襲拘捕，直至在地鐵途中看手機，看到群組傳來示威者已經陸續散去的消息，我才鬆了一口氣，今晚也能睡得安樂。

10 大台：過往香港社會運動通常有主導團體在現場搭建演講台講話，由此引喻為主導社運的團體或人物。

3

6511xxxx：收手吧，柴進賢——22Jun19, 4:00am

6754xxxx：收手吧，柴進賢——23Jun19, 4:00am

……

6920xxxx：收手吧，柴進賢——29Jun19, 4:00am

6778xxxx：收手吧，柴進賢——30Jun19, 4:00am

騷擾訊息沒有停止過，但這個星期的示威活動則稍爲平息。其中一個原因是，看見香港政府居然能漠視民意到如此地步，我們意識到問題核心在於港府無需對香港人負責，只需聽從中央吩咐；換句話說我們面對的敵人不單是港府，還有中央政府。我們只是地方的一小群無力的民眾，不能與中國政府對抗，這樣的話尋求外國協助就是唯一的方法了。

六月二十八日至二十九日是二十國集團峰會的日子，這星期我們的文宣主要是向外，眾籌在外國報章登報，希望全球關注香港正在發生的事情。而結果可謂好壞參半，雖然香港議題並沒有成爲二十國集團峰會的重點，但至少把香港人的訴求公布給全世界知道。

說回遊行示威，這個週末沒有活動，第二個原因就是下星期一就是七月一日，是香港回歸紀念日，每年七一都有大遊行，今年一定要比以往聲勢更浩大，要把市民的訴求響徹整個香港島。

於是我到圖書館列印了一疊A4紙，然後趕緊跑到黃大仙地鐵站，在地鐵站出口的外牆張貼連儂牆[11]。這些都是最新的文宣海報，是我剛剛從網上下載回來的；既然文宣組的手足不分晝夜製作海報，我不懂廣告設計，但我能夠做的就是讓這些海報面向大家，給大家看得見。

——香港人，七一見！

——撤回惡法，不撤不散！

駐足圍觀的人漸漸增多，畢竟剛好午飯時間，旁邊又是公車站，這些都是預計之內。我貼完手上一半的海報後，回頭面向群眾，深吸一口氣，說：「明天七月一日，我們一起站出來好嗎？」

11 連儂牆：起源於捷克的連儂牆是以塗鴉方式表達和平自由的嚮往。但由於塗鴉在香港可能構成刑事毀壞，於是在雨傘運動期間，示威者改以便利貼的形式貼成了港版連儂牆。後來二〇一九年重現的連儂牆則更多元化，主要貼文宣海報，方便不懂上網的長者能獲取社運的最新資訊。

街坊有人沒反應，有人甚至厭惡，但亦有人點頭表示支持。於是我繼續演說：「昨晚我睡不著，我想很多香港人跟我一樣都睡不著，因爲有位女大學生自殺了。她在牆上用紅色筆寫的遺言，我隻字不忘：因爲她的遺言不是死控政府，而是要告訴我們——雖然抗爭時間久了，但絕對不能忘記，我們一直以來的理念，一定要堅持下去。」

我大聲叫：「所以香港人，我們明天再一次站出來好嗎？再創造一次二百萬人的奇蹟。我就不相信二百萬人、三百萬人、甚至全香港人都反對的時候，政府還能夠一意孤行踐踏我們的民意！撤回送中條例，撤回暴動定性，釋放被捕學生，成立獨立調查委員會……林鄭下台！」

「七一見！」「七一見！」

太好了，有人回應我的說話。還有街坊走來拍我的肩，馬路旁正在候車的市民有個還向我微笑——閃光燈一瞬即逝，我緊張喝道：「是誰！」

「哎呀呀，別這麼凶啦。」一位拿著手機的短髮少女走過來，說：「你是柴進賢，對吧？」

「妳是……啊，佩心姊。」

「進賢哥，叫我佩心妹妹啦。」她露出狡滑的笑容回答著。

沒錯，她叫楚佩心，是我中學時的學妹，比我低一個年級。認識她主要因爲她以前是我朋友的女朋友，曾經一段時間我們幾個人經常一起讀書、一起遊樂，說起來有點懷念。

她好像也有相同的感覺，微笑說：「應該是四年沒見了吧。」

「對，但佩心姊的樣子好像沒有變過呢。」

「真失禮，不應該對女孩子說這番話吧？你不認為我變得更成熟更漂亮嗎？」

這次楚佩心的笑容讓人覺得不懷好意，三種不同的笑容，每個都很可愛，所以我完全不懂得如何應付她。不對，越是漂亮的女生越會說謊，我戰戰兢兢地問：「妳剛才拍照是用來做什麼的？」

「哦，現在我是大學編委會的記者，看到你剛才那麼精彩的演說，天生記者的本能告訴我一定要拍下你的英姿！哈哈！」

這次換成惡作劇的笑容，她會不會被記者工作耽誤了演藝生涯？不過這裡我還不能夠鬆懈，我追問她：「最近妳也有偷拍過我的照片嗎？」最重要是，向我父母告密的人是妳嗎？這是我心裡的問題。

但她摸來背包的放大鏡，放到面前冷笑回答：「真蠢，你忘記了本小姐最喜歡看什麼小說嗎？推——理——小——說。剛才我不就說過四年沒見？又怎可能最近偷拍過你呢？太蠢了。」

「所以我才追不上佩心姊妳的步伐……」我垂頭嘆氣，楚佩心反而舉起鏡頭近距離對準我的臉，其實這記者是不是冒牌的？

「別用這種失禮的眼神看著我，好歹我也是穿梭在催淚彈雨當中採訪過的。相反你才不專業吧，七一活動是今晚開始，不是明天喔。」

「要、要妳管！總之妳上前線採訪就多注意安全吧，現在警察都瘋了。」

她苦笑。「警察很多時候也是身不由己就是。」

「什麼身不由己？他們爲暴政服務，爲虎作倀——」

她反問：「爲虎作倀的話，你是要打老虎還是打倀鬼？」

我頓了頓，想起《廣異記．宣州兒》有記載爲虎作倀的故事。話說宣州有男孩知道自己快要被老虎吃掉，於是通知父母，說假如自己死後變成倀鬼，老虎迫他領路，他就會把老虎引到村裡。因此村裡主要道路應該要挖陷阱，這樣就能抓住老虎。幾天之後，男孩果眞被老虎吃了，他的父親和村民就依照男孩的指示挖陷阱，成功捉到老虎。

我答：「也許倀鬼有好有壞，但壞的絕不能放過，都打。」

「那看來你才是需要注意安全的人喔，我親愛的ABC之友。」她說到一半，忽然手機響起，看了看然後面色一沉。「有突發事情，我要先走了。之後有空再約吃飯吧。」

看她走得那麼急，待我回家才知道，今天又傳來了反送中至今的第三個噩耗。七一前夕，一位二十九歲的少女搶救後不治。第一位因反對逃犯條例修訂運動而自殺的男子，他的遺言是對政府的控訴；第二位自殺的女生，她的遺言是對香港人的叮囑；第三位自殺的女士，她的遺言卻只是純粹的絕望。而這種絕望，很不幸，是會透過社交平台傳染和擴散。幾萬人在死者的臉書上悼念，悼念的語句給他們幾十萬位臉書上的朋友看見，然後分享給他們幾百萬個友人。

不知從哪一刻開始，全香港都瀰漫著自殺和絕望的情緒。七月的每一天我們為有人自殺獲救而高興，爲失去性命的同路人而流淚，眞是名副其實的每一天，每一天都有自殺的新聞，每次都只能祈禱他們吉人天相。

「學校根本就不應該涉及政治，現在的年輕人被學校累死了。」

這晚我瑟縮坐在床上，隱約聽見房門外父母的討論。

父親應道：「他們就是讀書讀壞了腦，動輒就要自殺。這個社會又不是他們打下來的，而是我們這一輩人努力用血汗築成，他們憑什麼說要追求理想而以死相逼？眞是笑話。」

「唉，總之他們都被利用了就是。他們入世未深，被人利用了也不知道。」

「現在求仁得仁，你們去死就去死啊，反正影響不了香港；或者他們死了更好，不用留下來破壞香港。」

——死了更好？我們沒有被利用，我們是用自己的意志，追求渴望的自由。爲什麼我們追尋自由會是你們口中死有餘辜的暴徒？究竟我們做錯了什麼，死後還要被你們評頭論足？

月光從窗簾的縫隙輕輕灑在書桌上，那些只是貼了一半的文宣，還有幾十張海報是關於今晚集會的。我當然知道七一集會是今晚開始！已經死了三個人，政府卻沒有半句慰問，反而張燈結綵要在七月一日升國旗、奏國歌，大排筵席熱烈慶祝香港回歸祖國二十二年？究竟三條人命重要，還是那兩支旗桿重要？我們剛替第一位烈士悼念「頭七」，你們就放滿水馬保護你們所謂的「七一」升旗會場。

我恨不得立即跑到立法會，跟其他手足一起通宵留守，絕不能在明天讓他們大鑼大鼓升旗慶祝……我卻辦不到！我無法在外面過夜，我無法離開我的家，我沒有資格貼今晚的文宣。對不起。

但天一亮，我答應你們我會馬上趕來。等我。

4

Fact Checked 資訊頻道：

[2251] 晚上十點過後，依然有大量市民到金鐘悼念三位離世的義士。有人獻花、燃點燭光，現場不少人眼泛淚光，神情哀傷。 #**現場情況**

我們是一群專業社工。眼見一個又一個的戰友離去，我們所有人都十分難過。如果你覺得撐不下去，或者想找人陪伴、聊天，給我們一個機會去幫助你，請加以下頻道：https://t.me/joinchat/NeEtnM_yaElmJrhwoMP #**醫療及急救須知**

--1 July 2019--

[0143] 立法會外有兩輛警車，有約四至五十名持盾警察 #**狗出沒注意**

[0300] 凌晨三點，立法會示威區的中國國旗已降，並升起黑紫荊旗 #**現場情況**

[0421] 有部分留守立法會的示威者開始以鐵馬及雜物設置路障，堵塞龍和道隧道西行線及東行線。 來源：XX新聞

[0506] 警員陸續清拆龍和道路障，周圍一帶駐有重防 #**現場情況**

[0542] 夏慤道警察開始推進 #**現場情況**

[0616] 早上龍和道和夏慤道警民持續對峙　**＃現場情況**

[0648] 原定朝早八點鐘的七一升旗式改以雨天方案進行，嘉賓將會在會議展覽中心的大會堂通過電視屏幕觀看升旗儀式。來源：XX新聞

[0654] 高官已經躲進會展，各位手足可以先去金鐘支援戰友，需要大量人手和物資　**＃現場情況**

[0726] 龍和、夏慤警方已出紅旗警告　**＃現場情況**

[0741] 夏慤有四十速龍[12]增援　**＃狗出沒注意**

[0742] 龍和急需長傘　**＃物資情報**

[0755] 有市民骨折受傷，救護車已經到場　**＃現場情況**

[0800] 夏慤前線需要大量頭盔、眼罩、長傘　**＃物資情報**

[0800] 行政長官林鄭月娥已進入會展會場，與其他嘉賓在室內觀看升旗禮，升旗禮現已禮成。圖片來源：XX新聞

[0810] 戰友安全要緊，準備撤退　**＃現場情況**

整個早上，我都在金鐘和灣仔一帶疲於奔命地運送物資。因爲政府改以雨天方案進行升旗，官員避走示威區經水路到達會場，示威者對升旗禮是束手無策的。但這樣也

好，至少掃他們顏面，看著那些高官在室內站立觀看電視直播感動落淚這種場面就覺得諷刺。

於是大家放棄了阻止升旗禮的念頭，而是回頭救人，協助金鐘的手足安全離開；且戰且退，最後退至立法會示威區，當時的我還不知道七月一日的立法會將要上演整場運動最富象徵意義的一幕。

——砰！砰！砰！

立法會外示威區，俗稱「煲底」，有說是因爲立法會綜合大樓的外形像升起的電飯煲（電飯鍋），因此綜合大樓底下的空間就叫做「煲底」，能坐滿千人以上。如今眼前亦有千餘人，千餘人的前方則不斷傳來硬物的撞擊聲。

我問旁邊的手足：「前面發生什麼事？」

那名手足戰戰兢兢回答：「他們好像打算用鐵枝砸爛立法會的落地玻璃……」

「欸？砸爛玻璃做什麼？」

「應該會衝入裡面，打算佔領立法會吧……就像臺灣的太陽花學運佔領立法院。」

「但這裡不是臺灣啊，他們有權選總統，總統也得聽民意，你認爲香港政府會特

12 速龍：香港特別戰術小隊，俗稱速龍小隊，為二〇一四年應付領佔中環行動而組成的特遣隊。

敢衝入立法會的人嗎？而且立法會裡面肯定有防暴警察駐守，我們憑什麼佔領立法會……」

「已經不是刑事毀壞的程度，而是以暴力手段強闖政府建築……」他欲言又止的望著我，問：「你說他們會不會是鬼？立法會今天沒有會議，衝擊立法會完全沒有用啊！」

我沒回應，而是努力擠開前面人群，隨著撞擊聲漸近，然後看見大量記者圍著立法會玻璃牆外的一名黑衣人。他不但全身黑衣，還戴著黑色面罩，完全遮蔽了臉孔，因爲他正在做非常嚴重的行爲。

其實立法會不但是建制派維護社會穩定的地方，也是泛民主派爭取自由民主的戰場。長久以來，香港人也是依靠那些大人在議會內與建制派唇槍舌劍，爭一口自由空氣；直至二〇一四年的雨傘革命、二〇一六年的旺角騷亂，激進勇武派選擇在議會外抗爭，結果因爲與大人的理念不同而悲劇收場。二〇一九年這場流水革命之所以能夠比雨傘革命成功，最重要就是吸取了五年前的教訓，面對政權我們不分化、不割席、不篤灰[13]；大人與學生並肩而行，團結力量對抗政權。學生負責衝鋒陷陣，大人在旁邊保護學生；這正是立法會外面那些議員正在做的事情。

我們知道，假若那名黑衣人砸爛立法會的玻璃，衝進大樓內，這必然被控暴動罪，刑期十年。因此大人的議員哭著勸說黑衣人離開，但黑衣人反過來勸說大人讓路：「我們早就有心理準備坐牢，放手交給我們吧。」

那些大人走了數十年民主抗爭的路，這一刻，那擔子彷彿交付在那黑衣青年身上，重擔交託在那鐵枝的前端，大力撞向立法會的玻璃牆上。

那黑衣青年會是鬼嗎？不，他是我們的同路人。後面哐啷哐啷的雜聲，原來是幾個黑衣人推來一輛回收垃圾的鐵籠車支援，更綁上鐵枝與原先的黑衣人一同推車撞向立法會。我跟其他示威者打開雨傘，還有人各自組隊尋找立法會外的閉路電視，把閉路電視逐一拆下。

「需要更多鐵枝嗎？不如把立法會外牆的鋼條拆下來吧！」

現場有示威者自發拆下外牆用作裝飾的鋼條，而且效率比預期的快很多——因為同日五十萬人的大遊行，大量市民決定提早結束前來支援。

為什麼要衝擊立法會？二百萬人出來遊行沒用，就算三百萬人也不會有用；是你教我們，和平遊行是沒有用的。

傍晚時分，示威者終於以鐵籠車衝破了玻璃牆，然後撬開鐵閘，不知為何，立法會

---

13 不分化、不割席、不篤灰：意思是不分化同路人、不與同路人劃清界線、不打同路人的小報告。

內的防暴警察全部從地下通道統統撤退了。

第一批闖入立法會的示威者回到閘門，向大家報告，裡面一個警察都沒有，大家可以進來。對，我們要佔領立法會。

「兄弟，你要進去裡面？」

大概是我一直在門口裹足不前，旁邊有位示威者這樣問我。我支吾以對，他續道：「我聽你說話斯文，應該讀書成績不錯，很有前途吧？我讀書不好，打散工談不上什麼將來；但你不一樣，十年時間不值得爲這個暴政犧牲，就由我來代你走吧。」

我鼻子一酸，開始看不清這位稱呼我做兄弟的人；只聽見他大力拍打用紙皮自製的盾牌，昂首闊步地走進閘內，一道閘門相隔的竟然是十年的距離。

對，我害怕被捕；我花了廿年青春考上香港最好的大學、最優秀的課程，原本我是不愁出路的。其實我只要留在家裡，我就是父母最引以爲傲的乖兒子，跟我的學長一樣月入數萬，生活無憂。那爲什麼我要站在這裡？

我是眞心想要追尋自由，抑或留在現場只想乞求一張贖罪券？

走上不獻媚的路　腳步注定緩慢

不信得我一個人企硬[14]

普世真理無界限　不必孤單

越弱越燦爛　越難越撐[15]

我沒有答案。我選擇站在眾人身後，是希望當前線手足回頭察看時，他們能夠看見我，然後知道自己不是孤單的。現場有人哼唱著歌，歌曲旋律在腦海裡陪伴了我幾個小時，當我回神過來已經是晚上十點半，這時候現場傳來了一個壞消息。

「警方剛才在Facebook上宣布了會在短時間內清場！」

清場警告一瞬間傳遍立法會外的示威群眾，大家議論紛紛。

「聽說大陸下了命令，說香港回歸紀念日不能發生流血事件，但過了今天之後警察再做什麼就不管了。」

「你的意思是說，過了凌晨十二點，警察就能用最殘酷的方式來清場嗎……警察無故撤退，目的就是引手足到立法會裡面困獸鬥……」

「但我們不能夠這樣就離開。若然我們現在撤退，別人只會記得我們破壞立法會、只會記得我們是暴徒！」

這時我在看手機，群組瘋傳的都是立法會大樓內的佈置，叫人不要破壞擺放文物的

14 企硬：站穩自己的立場、不屈服。
15《撐》：臺灣和香港的音樂圈為支持香港「反送中」訴求而共同創作的歌曲，並選擇在六月二十八日發表，為七一大遊行打氣。

地方，又列出這次支持送中條例的建制派議員的辦公室編號，主要針對那些出賣香港的議員。我們從來都沒有無差別攻擊，我們目標明確，對準政權，我們不是暴徒。

有女的手足半哭道：「但我們能怎麼辦……」

「幫忙看看《己亥宣言[16]》！在撤退之前，我們要更清楚地告訴世人我們抗爭者的想法，不能死得不明不白！」

我點頭同意，他說得對，一定要所有觀看新聞直播的人都知道我們的五大訴求：撤回修例、收回暴動定義、撤銷反送中抗爭者控罪、追究警隊濫權、立即實行雙普選。

又有人說：「《己亥宣言》，聽起來好像辛亥革命。」

有人回答：「確實我們好像在做革命的事，但哪個革命只是要求政府撤回修例如此卑微？我們甚至不要求林鄭月娥下台，哪有革命是不推翻政府的。不過最諷刺的是，我們爭取自由這個最基本的人權，卻得用上流血革命這種最自虐的方式，完全不符合成本效益，偏偏最會計較的香港人竟能夠堅持這麼久。」

「咦？」我認得回答的人，嚴格來說是認得他的頭盔，右側有卡通象的貼紙。只是在場所有人都蒙了面，「象頭盔」的人自然認不出我——我以爲是這樣。

他從褲袋裡取出一枚卡通卡片，上面有 QR Code，並對我說：「我想我之前見過你，這也算是個緣分。卡片上有一個群組連結，你有興趣的話可以加入。」

我問：「但這是什麼群組？」

「還是祕密。暫時我只是想募集大約六十人參加，不是在策劃什麼危險的事情，主要都是招募和理非的人一起行動，只不過我想有些更加富組織性的行動。」

一般來說示威者之間不會交換聯絡，以免暴露眞實身分，亦要提防警察套取資料。但眼前這人也不是第一次見他在現場，再者假若要確保找到眞正的同路人一起行動，現場招募應該是最安全的做法。

「但你不怕這張卡片落入警察手上嗎？」

「所以我才選擇招募和理非，你們應該比較少機會被拘捕或搜身，就算搜出卡片一般看來只是一枚普通的漫畫卡紙。當然，加入群組之後我會要求各位說出不同的暗號，我給你的暗號是『魔法』。」

「意思是我加了群組之後，要在群組內打『魔法』二字，才能獲得確認？」

「對，我會回答『霹靂卡』，這樣雙向認證才算完成。」

看象頭盔的黑衣人如此謹愼，究竟在策劃什麼？只是直覺告訴我這個人沒有可疑，

16《己亥宣言》：同一時間在網上討論區有不同人士撰寫宣言，以供佔領立法會時宣讀。當中有不同版本，包括《金鐘宣言》、《香港人抗爭宣言》。《香港己亥宣言》是基於不同版本的基礎上即時整合的。

我便收下卡片。

然後十一點過後，現場又傳來緊張的叫喊聲。

「不好啦，附近政府總部、警察學院、消防局都開始有防暴警察和衝鋒車！要把握時間撤退，那些警察發瘋隨時會提前攻打過來！」

我問：「立法會內的手足準備撤退了嗎？」

「不……群組說有四個死士表明會留守在議事廳直至最後一刻……」「昨晚通宵留守等待升旗儀式那時候已經有人商量要當死士，他們並非一時衝動……」

說著同時，手機群組不斷傳來壞消息，後方手足設置的路障已被移除，隨時警察都能開車來武力清場。

大家哭著的喊：「救人啊！不是說好一同前來，一同離開的嗎？一個都不能少啊！」

我喊：「不能讓義士赴死，他們這樣做是在自殺！就是打暈他們也要把手足拖出來！」

「齊上齊落！」「一起來，一起走！」大家喊著口號衝入立法會，我也跟著戰友們穿過鐵閘走進這個權力核心的地方，以前從沒想過會走進裡面，如今眼前只是一片狼藉，牆上全是反抗暴政的塗鴉。

群組內早就瘋傳立法會綜合大樓的內部地圖，我們很快就找到議事廳，那個以前一直只能在電視上看那些大人在辯論法案的地方；不過一切都不重要，我們唯一目的只是要把那四名死士帶離立法會，我們不能再失去任何一人。

當時大家都熱血沸騰，只有逃生的欲望，之後的事情也記不清楚了。當晚金鐘地鐵站免費開放無需車票入閘，現場數以萬計的示威者在一瞬間消失四散，只餘下防暴警察接管無人的立法會。

5

6818xxx：柴進賢，我知道你闖入立法會，這是最後通牒——2Jul19, 4:00am

同夜凌晨四時，特首召開緊急記者會譴責暴力事件；一天後的七月三日清晨，第四名示威者在住所墮樓身亡，留下遺言「不是民選的政府是不會回應訴求」。再過兩天，第五名示威者上吊自殺。再過兩天，九龍區爆發二十萬人的七七大遊行。

七月七日的九龍區遊行，白天大致平靜，但入夜後警民對峙，雙方互相以髒話辱罵對方，最後防暴警察出動清場，直至凌晨示威者散去交通才恢復正常。

兩天後，我來到樓下的五金店，打算採購裝備。

「請問……有沒有6200的防毒面罩？」

老闆嘆氣回答：「有，你要什麼尺寸？」

「呃……普通的，中型大小？」我繼續問：「還有60926的綜合濾罐……」

「綜合濾罐已經沒賣啦。」

「咦？」我看著手機，6200防毒面罩加綜合濾罐是「前線懶人組合」，但看來已經很難取得。

「這樣吧。」老闆笑道：「6003濾罐、502濾蓋，再加2296濾綿。6003更防酸性氣體，發夢[17]的話這是標準配備。」

我輕輕點頭道謝。「請問要多少錢？」

「一個防毒面罩、一對濾罐、一對濾蓋和濾綿，這次一百元賣給你好了。」

「可是、單是那面具好像也要二百多元？」

「第一次光顧就當是我送的吧。但又不能完全免費，你要知道這些物資進貨越來越困難，要好好珍惜別隨便丟棄。」

我躬身向老闆再三道謝。「我一定會好好運用這套裝備的，謝謝！」

「該是我向你們感謝才對。要不是我們這一代的大人太過天真，以爲依靠選票就能爭取民主，就不用現在的學生走上街收拾我們的爛攤子。可惜我還有小孩要養，無法上前線，我能夠爲你們做的就只有這些而已。」老闆和藹笑說：「謝謝你啊，年青人。」

突然門口的一名伙計打斷對話，說：「老闆，街口有兩個軍裝警察正往這邊走來。」

17 發夢：上前線遊行的隱晦說法。因為公開討論自己參與非法集結可能會惹上麻煩，因此只能說自己「做夢時」遇見什麼。

老闆神色凝重告訴我：「東西先放在這裡，等會你回頭來取。」

我問：「不會有什麼事吧？」

「沒事。只是昨天遊行期間這裡附近發生過衝突，警察周圍問商舖拿閉路電視錄像想秋後算帳罷了。不過你千萬別對其他人說送裝備的事，我們被警察盯上會很麻煩。」

「我懂的，謝謝。」

甫離開五金舖，便有兩名警員擋在眼前。他拍我的肩問話：「來買頭盔還是防毒面罩？」

「買東西犯法嗎？」

「不，只是很多暴徒會買那些東西犯案。如果你只是個學生買頭盔來幹什麼？」

另一警員接著說：「麻煩出示身分證。」

我瞄看他肩上的警察編號，在拿出身分證的同時用手機查詢警員資料[18]。

「誰批准你玩手機！」

我答：「PC2941，請王Sir你冷靜點，我是個好市民很願意配合警方調查。」

「別耍花樣，轉身靠牆站，我懷疑你身上有工具可能作非法用途。」

我無奈面壁給警察搜身，他大力拍打我的大腿、臀部，在褲袋裡搜出一小瓶水。

PC2941的王Sir質問：「你家不是在附近？爲何要帶瓶裝水？還是裡面裝的是別的液體？」

「就水啊，不信王Sir你自己喝喝看。」

但他反手便將整支水倒了。他把空瓶和身分證塞往我胸口說：「別跟警察作對，給我消失。」

算了，萬一被別人看見我跟警察纏糾，又向父母告密的話又不知道要吵多久。況且今天有很多事情要做，等會要拜祭舊朋友，回來領回老闆留給我的裝備後又要趕在父母放工前回家一趟。

過了約莫半小時，我帶著裝備回家，父母不在的家是最舒服的。我走過無人的客廳，然後關上房門，把剛購買的各式裝備收在床架下；除了剛才五金店買的防具之外，還有行山杖的「劍」和浮板的「盾」。不經意間，一張卡片掉到地上，我把卡片拾起，又想起「象帽人」的邀請。

我心想：「他當時要招募和理非，但我下星期要走在前線勇武一次，至少要把濾綿用完。」我把卡片放在書桌上，喃喃自語：「下星期遊行平安無事的話，再看看這『六十人』群組是怎麼回事。」

18 查詢警員資料：雨傘運動期間，有市民為對抗警暴和監察警員，以反串形式設計了「表揚香港警察」的手機應用程式，搜查政府憲報上曾經獲得嘉許的警察資料（如長期服務獎）。其後衍生不同網站和程式，有些警察資料的來源不再限於政府網站，可能是社交平台，可能是人手輸入。

6

接著的數天都沒有大規模的衝突，彷彿是暴風雨的前夕，為七月十四日沙田區反修例遊行增添如箭在弦的氣氛。

「撤回送中惡法！」

「收回暴動定性！」

平日通往足球場，或者去街市買菜，抑或是等公車的道路，今天都擠滿了黑色人群。上十萬人的示威，但今天跟以往集中在港島區的遊行不一樣；沙田這裡主要是住宅區，屬於新界區，出來參與遊行的有更多是一家大小，扶老攜幼。

「撤銷義士控罪！」

「追究警隊濫權！」

「實行眞雙普選！」

示威口號在住宅與中小學之間迴盪，路上人頭湧湧，特首下台不再是訴求。我們關心香港，關心同住香港的大家，聽見沙啞聲音呼喊：「香港人！」我們一起回應：「加油！」

沿途喊叫不止千百遍口號，一個多小時後，忽然有少年回頭對遊行隊伍大叫：「大家聽著！前面已經出了胡椒噴劑，防暴出警棍打人，大家小心不要走散！」

旁邊的人驚訝反問：「爲什麼？現在才下午五點鐘，我們遊行有不反對通知書啊！」

「聽說好運中心附近有人擲磚頭擊退了黑警，防暴現在撤後防線，雙方在源禾路上對峙。」

我激動說：「前面好多都是沒有裝備的普通街坊啊，還沒入夜那些該死的黑警就忍不住動手，太沒人性了！」

另一位少女說：「我們要趕緊把裝備和物資運到前線。」

可是十萬人的遊行，我們大概在隊伍的中間，前面塞了五萬人的話要前進也很困難——不對，我太低估香港人了。

少女和她的同伴帶來放滿紙盒的手推車大叫：「物資，讓路！」

沒錯，任何人都是摩西，任何人都可以分紅海，眼前原本密密麻麻的人群漸漸左右分隔，讓出中間的一條小路，連綿幾百米看不到前面的盡頭。少女急步推送物資，又有幾個穿有防具的少女奔跑在後；我想起背包裡面新購的頭盔和防毒面具，是時候派上用場，保護那些連口罩都沒有的普通市民。

「加油啊！」沿途兩側的遊行市民給中間的我們鼓掌，我大叫：「五大訴求！」他們回應：「缺一不可！」

穿越遊行的人海，風景由空曠的學校區和公園變成樓宇密集的商場和住宅大廈；現場聚集了越來越多的前線戰友，他們正在拆卸馬路鐵欄設置路障。

有人說：「物資不夠，缺大量雨傘、保鮮紙。」

「因爲衝突來得太突然，後方的物資人鏈還沒組成，人手運送的物資實在有限。」

正當前線爲物資苦惱，附近商場二樓平台傳來眾老街坊的喊聲：「下面的人，退後點！」

語畢，平台上的居民從家中拿來雨傘掉到馬路上，還有保鮮紙、洗碗碟的手套，「空投」物資的不乏家庭主婦，她們快要把自己廚房的東西都掉到路上。路上的示威者收集物資，便抬頭揮手，齊聲向商場平台的居民致謝。

旁邊的人高興地對我說：「這情境只有在地區示威能夠看得見。五年前我們失敗了，但今天我們眞正做到遍地開花！」

我答：「說得沒錯，只要我們走在前線，其他街坊就會站出來支持我們。」

有人加入插話：「來，我們三人一起來築鐵馬陣！」

交通錐、鐵馬陣、垃圾箱、圍欄，所有可以動用的物資都搬到路上，配合示威者在路障後打開傘陣防禦，嚴陣以待對抗警察隨時的推進。警民相隔約五十米，偶爾互相對罵，或有示威者以鐳射指示筆照向警察，或以揚聲器播放辱罵警察的歌曲。那時候警隊還是相對克制，或者是一時之間被示威者的氣勢壓倒，只能原地列隊堅守位置。但這樣的情況很快就出現了逆轉。

幾十輛警車、幾百個手持長盾的防暴警察相繼增援。可是示威者這邊也不好欺負，同時遊行當中的市民陸續抵達終點，隨即前往增援。於是最終只換來更大規模的警民對峙，不知不覺間，天色已暗。

「沒有裝備的先撤退吧！入黑以後警察肯定會用武力驅散，大家安全爲上。」

「謹記 Be Water[19]，我們其實沒必要死守，不如一同退回沙田大會堂吧！那裡的集會有不反對通知書。」

「不行了，中間前往大會堂的路已經被警察封鎖，我們去不了。」

有人的手機群組收到信訊，大叫：「沙田中心，沙田廣場的道路也有警察防線——」

「城門河方向也有警察封路！」

19 Be Water：原本是李小龍解說自己武術哲學的一句話，最初示威者在雨傘運動提出要仿效，到反送中運動終於發揚光大。示威者以「堅如冰，流如水，聚如露，散如霧」作為抗爭策略。

眾人盯著手機地圖，同時對照群組上的消息：沙田鄉事會路——封鎖；源禾路體育館外的馬路——封鎖；沙燕橋——封鎖；好運中心的後街——封鎖；大會堂停車場出入口——封鎖；正街——封鎖；巴士站——封鎖；沙田中心往新城市廣場的天橋——封鎖；好運中心至瀝源商場天橋——封鎖；沙田中心往大會堂天橋——封鎖。

我們一時語塞，心裡浮起不好的念頭。這次警方不是想驅散示威者，而是要將示威者包圍、一網打盡。

「怎、怎麼辦……」

我建議說：「沙田新城市廣場——該商場是私人地方，警察不能隨便進入。我們只要抵達裡面，就能經商場接連的沙田鐵路站離開。」

「但好運中心的天橋已被封鎖，只能從地面馬路撤退到新城市廣場。」

「這是唯一的退路了。我們要保護沒有裝備的手足安全離開。」

現場人數眾多，要一時間全部退回商場大概不可能，幸好有一些社工和議員在前線與警員理論，多少應該能爭取到一些時間——但我又猜錯了。

正當議員要求與指揮官對話，警察一直回應勸說議員和記者退後之際，防暴警察竟突然推進！步聲如雷，很多示威者都慌忙逃跑，逃避警察的追趕。但人數實在太多了，需要有人阻止警察推進——

砰！

一個安全帽從頭頂二樓平台掉下，又是街坊的「空投」隊，但這次對象是警察，扔的東西換成塑膠瓶和雨傘，附送大量對警察的辱罵。

「趁這機會退回商場吧！」

大夥湧進新城市廣場，我和其他示威民眾快步走到商場出口，即與鐵路站相連的閘機前——卻發現已經有警察築起防線禁止市民離開。

市民鼓譟起來，喊道：「我們要搭車回家！」

在場負責指揮的警員回答說：「爲公眾著想，只要你們放下武器，收起長傘，停止鐳射筆照射警員，我們就會安排放行。」

「我們沒有武器，已經收傘了，我們要回家！」

「請在場人士停止衝擊警方防線。」警察沒有放行，只是像錄音機不斷重複沒意義的話。

「哇啊啊！」忽然商場後方傳來尖叫聲，有人大叫：「有狗啊！」，原來警察已從後方進入商場包抄，並開始拘捕示威者！我趕緊躲到一角，從背包拿出行山杖，當跑回商場中間的廣場時，已經看見有幾個防暴警察把示威者壓在地上亂棍毆打！同時二樓、三樓、四樓商場亦擠滿市民，包括普通逛商場的市民，當中有人向一樓警察投擲雜物，警察再次失勢退後，我趁機揮杖打向警察，救走被捕的戰友。

「謝謝、謝謝你！」

「先從電梯上二樓迴避吧。」

頭也不回地奮力跑往扶手電梯，但後面傳來厲聲大喝：「我認得你，你襲警！」

咦，後面大叫的正是上次在五金店遇到的王Sir！不，柴進賢冷靜點，他只是喝罵我剛才襲警，沒有認出我的樣貌，而且也沒追上來——卻居然是他旁邊的警察無視命令跑來！

由於剛才我救下的戰友受了傷，這裡只能靠我擋住電梯，絕不能讓警察跑上去——

「啊啊啊！去死吧！」

我全身顫抖，拉弓用行山杖大力劈下去——「砰」一聲，握杖的手腕一酸，揮杖途中已被對方用圓盾攔截。對方明顯比我熟練得多，警棍往下側擊，我的小腿頓時失去感覺，接著整個人天旋地轉被警察拋下電梯，以全身重量壓在地上，膝蓋壓在背脊；我右手掙扎想取回武器，立即警棍揮來，手臂像血液倒流般麻痺，再也沒有反應。

「抓到你這暴徒了，別想跑。」

好像剛才被摔一跤，眼角有陣涼意，視線開始被混濁的液體遮擋，耳邊只是慘叫聲和廝鬥聲，直至騷亂當中有個冷靜的聲音說：「那警察落單了。」

忽然視線有好多條腿朝我跑來，然後背上如釋重負，好像有一群示威者把騎在我身上的警察拉倒，數十對腳圍著警察狂踢，又用雨傘的插向警察身體。只是我理不了這麼多，我只想活命，只想自由，一直爬上扶手電梯，躺在自動梯階上，把自己當成輸送帶的肉塊緩緩送往商場二樓。

終於在盡頭，有人伸手扶起了我，把我帶到人群裡面，我總算活了下來。至於下面的情況呢？好像有位白衣的指揮官舉槍威嚇，迫使示威群眾後退，方能救出那個遭圍毆的警員。

從來都沒有想過，我們會在商場內與警方展開巷戰，究竟發生什麼事情了？連商場和地鐵公司都跟警隊合作要圍捕示威者嗎？結果那一晚以混亂和暴力告終，直至防暴警察從商場撤退，沙田站重開，示威民眾和市民逐漸乘港鐵離去，卻在商場到處都遺下雙方的血跡。

7

我一瘸一拐地從黃大仙地鐵站下車，急救隊雖然爲我做了簡單的包紮，但我手腳都好像不聽使喚似的，每步都要花盡力量，全身肌肉都像快要撕開一樣。不知道傷了哪裡，但幸運的是至少沒有傷及筋骨，尚且能獨力回家。

我好想回家，好想躺在床上什麼都不理，大被過頭到明天再作打算。可能要看醫生，要檢查傷勢，不知過了一天還有沒有警察埋伏在醫院內搜查，但到時候再想吧。

今晚已經沒有餘力思考，只能憑藉本能意識回家……手機傳來鈴聲，我打開手機，卻要面對殘酷的現實。

「我說過柴家沒有蟑螂。門鎖已經換了，你以後不用回家。」

來自父親的短訊，或者，已經不再是我的父親、我早就沒有家了。我拖著背包，坐在樓下公園的一張長椅上；周圍都是蟲叫，今晚頗爲悶熱，月光亦十分黯淡，夜空沒有星星。

十一點過後，球場的照明準時關閉，公園人聲漸遠，只剩自己的呼吸聲，沉重的呼吸聲。眞的很寧靜，望著塑膠袋隨風吹到公園草叢裡，只有柔和的橘色街燈照著草叢旁邊生了鐵鏽的褐色垃圾箱。

然後一步一步的聲音，不是我的心跳聲，是有個陌生人步進公園，走近過來。那少年跟我年紀相約，應該也是畢業後不久，他沒有表情地問我：「有需要幫忙嗎？」

我回答：「不，謝謝。」

但那人好像一眼就看穿我的謊言，反而他的眼神沒有絲毫動搖，有點令人恐懼的是他的面部表情依舊沒有一動。他追問說：「你沒有過夜的地方？」

我放棄了撒謊，直接拒絕他：「沒問題的，我一個人能應付下來。而且這公園本來就像我的第二個家，每次不開心我都會來這裡坐，呵呵。」

他無視我，續道：「其實我在旺角那邊有個共享自修空間……很繞口其實就是個名字而已，你明白的，如果有需要可以來工作間過夜。甚至現在我也可以載你過去那邊。」

「眞的不用了，謝謝你的好意。」

對方停頓了一下，從錢包取出卡片，說：「上面有共享自修室的地址和電話，有需要時聯絡我，我今晚都不會睡覺，就在附近逛逛。」

說畢他就離開了。爲什麼？爲什麼其他連我叫什麼都不知道的、有些連樣貌都沒見過的人，他們卻比起自己的父母更關心我，更了解我。假如我有一對不會關心親兒的父母，假如我有一個沒有溫暖的家，倒不如索性把一切當作不存在吧。

我的戰友還在戰場上，我們的戰爭還沒勝利。我們曾經相約，希望當抗爭勝利的一天，我們能夠在「煲底」脫下面罩、互相擁抱，問一下對方名字，然後相視而笑。在這一天來臨之前，我已經決定了：寧鳴而死，不默而生。

我已經失去父母，失去溫暖，失去前途……唯獨是香港，我不能失去。香港是我的家，爲了香港的前途，我死是義無反顧。

我從背包拿出紙筆，忍著手腕的疼痛，寫下覺悟的誓言。

「當你們收到這封信的時候大概我已經不在人世……對不起。」

數小時後的凌晨時分，柴進賢的屍體被發現倒躺在公園的公廁內，全身多處刀傷，當場喪命。

第三章

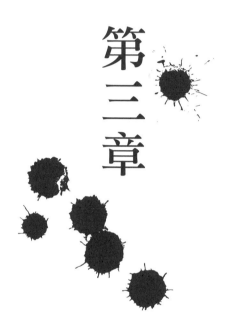

竭誠依法

1

「根本就是一群流氓、暴徒、禽獸！」

數小時後返回黃大仙警署，但我依然嚥不下這口氣，坐在位上忍不住大罵晚上沙田搞事的那群黑衣人。就是他們圍毆天哥，甚至想用雨傘插死天哥。於是我們從沙田收隊後前往醫院一趟探望天哥，然後才回來警署，已經是凌晨三點多。

上司的趙Sir應道：「我們當然知道那些示威者才是破壞香港的元凶，不過阿天也太衝動，不聽指令跑到暴徒當中，傳媒肯定會反過來抹黑警察濫暴。」

我反駁：「天哥被暴徒毆打，那些記者卻說我們是黑警，根本他們才是黑記！」

「記者的職責就是要拍攝現場，他們當然偏袒示威者，正因如此你們才要聽從指揮，互相掩護。記住你們每個人的行動都可能會連累同事一起受罰，而警隊是唯一能夠守住社會秩序的，我們不能犯錯。」

他就是趙榛正高級督察，人如其名的正直且守舊。聽說他曾是機場特警的菁英，數年前因工受傷休養了大半年，之後申請調職到黃大仙分區總部。我來的時候他一直是我的上司。我當然明白趙Sir的道理，但假若眼睜睜看著天哥被暴徒圍毆而不做點什麼的話，我王良廖這名字以後就倒轉來寫。

「趙Sir！我們上星期不是在黃大仙區收集了許多閉路電視錄像嗎？其中有間五金舖，附近的閉路電視有紀錄到買頭盔的那些學生的樣貌，說不定能夠找到在場的那些暴民。尤其我認得商場有個人的頭盔貼有卡通貼紙，正是他煽動在場示威者圍毆天哥的！」

趙Sir搖頭，一邊用手指敲桌，一邊說：「那些閉路電視片段是用作上星期的調查，與沙田的襲警案無關，別擅作主張，我們也有我們的規矩。再者，最近警隊處於最危急的時期，少不了要借調人手到各區維持秩序；今晚你們也辛苦了，在沙田執勤了一整晚，剛送手足到醫院後又要趕回來工作。四點鐘──那時候你們就先下班吧。不過深夜時分，我們有機會成爲示威者的發洩對象，你們最好提高警覺，我也不想再有手足受傷。」

旁邊同袍說：「趙Sir你也沒有休息過吧，從昨天早上一直工作至現在，差不多二十四小時啦。」

趙Sir答：「我知道。等替更的同事接手後，我也差不多回家休息了。」

看見趙Sir面容憔悴，實在不明白爲何他能夠如此冷靜。我們整天日曬雨淋，面對那些暴民辱罵只能沉默，有時候反駁的話又被記者放大做新聞，斷章取義，煽動街坊仇警。我們不過是維持秩序，執法拘捕那些擾亂公安的暴民，我們有什麼錯？說什麼過度武力，全世界的警察也是這樣執法的，我們是執法者怎能向罪犯示弱？難道其他人已經不懂分辨黑白了嗎？不對，那些所謂街坊不過是示威者假扮而已。

這段期間最辛苦的就是我們前線的警察，大家幾乎都沒有休息，每次輪更都要超時工作。終於等到凌晨四點，我獨自離開警署——對，我光明正大才不怕那些暴徒，一個人走著歸家的路，無聊時拿出手機，很多朋友群組都開始疏遠警察，舊同學群組上次說約出來見面敘舊亦沒有後續。

忽然手機響了，是趙Sir打來的：「王良，你回到家了沒有？」

「還在路上。」

「確實地點是？」

我周圍望望，答：「就在黃大仙文化公園的對面馬路。」

「那麼你要小心點，剛才報案中心接到不明電話，說聽見摩士公園有人大吵大鬧，十分騷擾，希望警察前往解決。但你也知道現在市民對警察有偏見，匿名電話有一定風險，可能是把警察引到偏僻地方埋伏也不一定，所以你回家路上要提高警覺——」

「趙Sir，如果是暴徒的陷阱我就去抓那些人，如果有真正的市民求助我也要去救人！」

我知道趙Sir太過謹慎，一定勸說我早點休息，所以馬上掛線了。雖然掛線以後才有點後悔，畢竟摩士公園面積頗大，不知從何找起，就簡單繞一圈吧。既然趙Sir叮囑我要小心，我想應該是在我回家路經的地方附近。

穿過文化公園，經過廢置的噴水池、無人的露天劇場，然後是足球場、體育館。凌晨的公園就像恐怖電影那樣詭異，寂寥的樹影，樹幹上好像人臉的條紋，假如有人眞的凌晨時分闖入公園裡面，那個也一定不是好人。至於警察，一直以來都是黑和白的對立位置，有壞人的地方就會有警察，這是我很小的時候就這麼聽說的。

我父親是一位令人敬佩的警察，經歷過暴動，亦曾在前線跟賊人駁火，家中還有很多來自市民的感謝信，所以我小學的時候便已經立志要當警察。我讀書成績不過不失，但不想浪費時間，因此中學畢業後就直接投考警察，今年剛晉升成爲高級警員。這樣就很好，我喜歡前線工作，只有在前線才能發揮我的才能，就像父親那樣。

——咦，這是什麼氣味？

我突然浮起不好的預感，我來到兒童遊樂場旁邊的一個公廁，刺鼻異臭正是從男廁內傳出。我打開手機的照明，廁所外牆貼滿紙屑之類的，而門口地板則有一灘深紅色疑似是血的痕跡；我小心翼翼跨過血痕，裡面竟躺著一個全身浴血的少年！

2

凌晨四點五十分。

原本像鬼屋般寂靜的公園現在眞的要有鬼了，而且網上消息傳得很快，不消半小時就有數十名記者和一些街坊來到現場，儘管夜深也是有點嘈雜。

這時候站在藍白間的警察封鎖線外，我作爲凶案的第一發現者，記者的目光都注視在我身上。

「請問你是如何發現屍體的？爲什麼會在半夜來到公園裡面呢？」

原本我想理直氣壯地回答，但想起剛才趙Sir來過叮囑我謹愼說話，我只好答：「我是夜班工作，剛好下班，抄小路穿過公園回家而已。但男廁傳來惡臭，當我發現時裡面就躺著那死者。」

「那麼你來到公園的時候有看到其他可疑的人嗎？」

「沒有，什麼人也沒看見。」

接著是一位臉帶稚氣的少女發問：「可否描述一下你當時看見的現場是怎樣？」

我驚訝問：「小姐妳很年輕呢，是記者嗎？」

「對，浸會大學編委會的記者。」

「即是妳沒有記者證？」

「但我也是記者。」她嬌媚笑道：「可以回答剛才的問題嗎？先生麻煩你了。」

我努力回想，答道：「死者當時滿身都是血，橫躺在廁所中間；旁邊有幾個空啤酒罐，地板上有部手機，洗臉盆有把清洗過但依然沾有血跡的西瓜刀。大概就是這樣了，畢竟我不能碰案發現場的東西，只能把看到的告訴你們……咦？」

現場圍觀的群眾當中，居然有他！我沒看錯吧？就算已經好幾年沒見，但我肯定不會認錯人——朱建玄，為何你會出現在這裡？朱建玄的出現使我頓時感到後悔，心裡只有二字——闖禍。

少女記者似乎察覺到我的視線，回頭望向朱建玄，然後又望向我問：「怎麼了？你有什麼不舒服嗎？」

「不、沒事……」

其他記者追問：「可以再說一下屍體發現時的狀況嗎？你覺得他是否被刀殺死的？死者的身分現在確認了嗎？網上流傳死者是一名二十出頭的年輕男子，死時身穿黑衣，是不是這樣？」

「我、我……不知道……」

我終於能體會其他同事被記者包圍的心情了。原本我已經十分疲累，再面對閃光燈不停地閃爍，我的腦袋開始失靈，無法再站在這些記者的前面——

「各位記者朋友請退後。」忽然有個熟識的男聲替我解圍：「現在警方要擴大封鎖現場進行搜證工作，亦要跟這位先生錄取證供，麻煩記者朋友配合。」

是趙Sir，他跟那位女大學生的記者微笑點頭，輕聲說了一句，她就退下了。然後趙Sir把我拉回封鎖線內，他現在也是便服裝束。

「趙Sir，對不起我給大家添麻煩了。」

「別跟記者說太多。這個時勢要是你暴露身分，記者肯定會大造文章，尤其死者還是穿黑衣的。」

「不，跟我無關啊！我來到的時候他就已經死了啊！」

「我知道。根據初步驗屍的結果，死者大約在凌晨一點半至三點半死去，死去不久誤差不會很大。我們都知道這段時間大家都留守在警局內，不可能分身殺害數百米外的死者；但現實是大家對警察不信任亦變得蠻不講理，所以你還是謹慎一點比較好。」

「哼，我光明正大要怕誰？」

「總之你待會跟同事上車，他會載你回家休息，之後的事情慢慢再說。」

我無奈接受，這一天漫長的工作終於結束。

3

「今日清晨，於黃大仙區摩士公園的廁所內發現一具男屍，死者二十一歲，姓柴，被發現時身中多刀已經死亡。現場發現一把西瓜刀懷疑是殺害死者的凶器，同時在死者的褲袋裡發現一包大麻花，不知與死因有沒有關係，案件暫時列作屍體發現案處理。」

這新聞今天不知重複了多少遍，亦果然如趙Sir所言，那些不分青紅皂白的網民又在造謠，有人說警察打死人，又有人說警方包庇眞凶，完全是含血噴人。我看那個人帶了包大麻，肯定是吸毒吸到瘋了自己插死自己吧！

我又看著手機，本來那個我討厭的黑衣人——戴著貼有卡通貼紙頭盔的，姑且叫他做「象頭盔」吧；如今在「象頭盔」身邊又多了一個很可疑的人——朱建玄。我不習慣休息，休息不是我的作風，我要問他一個究竟。

打開Telegram，直接發私人訊息給他。

「朱建玄，你究竟做了什麼壞事？爲何深夜會出現在那公園裡？」

數分鐘後，他回覆了。

「出於好奇，我是好奇的化身。」

「少騙人了，你什麼時候跟那些暴徒走在一起的？」

「你大概不知道吧？那位柴先生當晚曾經在連登討論區（LIHKG）發文訴苦，說有人向他的父母打小報告，結果就被父母趕出家門。網友一直在討論區與他聊天，直至凌晨兩點五十二分，他發了最後一個留言就再沒上線了。有些網友很擔心他，然後就傳出發現屍體的消息，大家當然十分緊張，一個多小時前還在網上聊天的同路人就這樣被人殺害了，所以才會有住附近的人趕來公園確認死者身分……不幸言中就是。」

「我不是問其他人，而是問朱建玄你，你不是住港島區？為什麼會出現在那裡!?」

「我的原因也是差不多。另外我接手了肥黃的共享自修室，暫時搬往旺角了。其餘詳細我沒必要告訴你。反而王良先生，你不會不知道我同時也在懷疑你吧？」

「我告訴你，死者的死亡時間是凌晨一點半至三點半，加上你剛才說討論區的事情的話，死亡時間就縮短到凌晨二點五十二分至三點半，那時候我在黃大仙警署當值，整個警署的人都可以做證，你別亂說話。」

「兩點五十二分那個不能這樣算，畢竟網上發文沒有人能夠證實他的身分，也可以是凶手撿了死者的手機然後假裝是死者跟其他人繼續聊天。」

我呆愣了。你以爲是犯罪小說的什麼詭計嗎？雖然這些名詞都是從趙Sir那裡聽回來。再說，即使是一點半我沒在警署，也是跟同袍一起探望天哥，然後從醫院回到警局。無論如何我都有同隊的夥計能夠作證就是。

「朱建玄，總之我跟案件沒有任何關係，你不用瞎猜亦最好別插手這事，不然我就當少一個朋友。」

然而他沒有回覆，朱建玄跟以前一樣，總是板著臉不讓別人知道自己的感情。但我沒有做錯事。況且他有什麼資格插手香港的事？五年前的雨傘運動我親歷現場，我在金鐘的馬路上睡了三個月、抗爭了三個月。那時候警隊內的確有害群之馬，所以我才要當上警察，我要成爲自己心目中的好警察，這個初心至今不變。

無人有權沉默　看著萬家燈火變了色
問我心再用我手　去為選我命途力拼
人既是人　有責任有自由決定遠景[1]

可是這次示威性質變了，不再像五年前一樣和平有序，究竟是誰背棄了初心令到香港變成黑色？時間會證明我們這次沒有做錯，不，我要親自證明我做的是正確的事。剛才朱建玄說 LIHKG 有死者的發文，就先從那個討論區開始調查，應該能找到更多死者

1《問誰未發聲》：改編自音樂劇《孤星淚》的《Do You Hear the People Sing?》的粵語版本，兩者皆為雨傘運動的代表曲之一。

的背景，甚至能證明他本來就有吸毒的習慣。

我把手機退回主螢幕，從應用程式清單裡尋找LIHKG，以前我是有看LIHKG的習慣，但自從討論區被一些思想激進的學生佔據後我就再沒有上連登了。

事隔數月回來看，一如所料，連登討論區的熱門帖文全部都是反修例的，彷彿香港就沒有其他事情值得討論一樣。當然暴徒暴行他們隻字不提，主要集中討論如何反政府、反警察，還有學習外國暴動的例子。好像又有個熱門帖文是關於烏克蘭革命：

「我的烏克蘭友人提議大家把抗爭口號融入日常生活當中。假如看過《Winter on Fire》，應該知道當地革命義士互相問候時是說『榮耀歸於烏克蘭』、『榮耀歸於英雄』。我們可以效法他們用響亮的口號作爲打招呼和道別用語。」

有人回應說：「就像天地會碰面說『反清復明』那樣！」

「那麼我們就說『光復香港』、『時代革命』！」

我看那些幼稚的留言就忍不住笑。他們眞的瘋上腦了，以爲自己眞的在搞革命嗎？帖文裡面也有理性的留言，說那句口號不是所有人都喜歡，他說得沒錯。我印象中那是二〇一六年梁天琦[2]參加立法會選舉時喊的口號，但那個人終究也只是譁眾取寵的小丑，主張港獨也只有連登網民的支持，結果不還是在選舉裡大敗？還因爲港獨主張被選舉主任取消了參選資格。連登網民從來都不是社會的主流，他們只是住在網絡的同溫層圍爐取暖，喊著港獨自爽罷了。激進暴民和港獨主張終將會被社會唾棄，就像他們聲稱的雨傘革命和魚蛋革命一樣。

話雖如此，就算是星星之火也不得不提防，尤其是那些極端的暴力份子，我想那個「象頭盔」就是其中一人。現在再回來看看死者生前在網上的留言……

「父母極深藍[3]，今天我終於被趕出家門。」

「樓主[4]你現在身處什麼地方？需要找地方過夜嗎？」

「不，剛才也有位好心人說可以帶我到旺角的自修室過夜，但我還不想麻煩別人所以拒絕了……」

旺角自修室——我猛然想起那個人的話，他不是剛接手了肥黃的自修室嗎！原來你在死者的最後幾小時見過面！朱建玄，究竟你有什麼不可告人的事情？

2 梁天琦：為本土派代表人物，「本土民主前線」的前發言人。因參與二〇一六年旺角騷亂（又稱魚蛋革命），法庭裁定其暴動罪以及襲警罪的罪名成立，被判處六年有期徒刑。

3 深藍：自從雨傘運動以來，幾種顏色都被標籤了政治意味。黃色絲帶（簡稱黃絲）代表支持民主自由、藍色絲帶（簡稱藍絲）代表支持香港政府和警察，如果是支持中央政府的話則以紅色代表。

4 樓主：意思網上論壇的貼文發起人，臺灣叫作原ＰＯ。

4

七月二十一日，民陣[5]發起了第六次反修例的大遊行，事後宣稱超過四十萬人參與。原先民陣要求遊行至中環終審法院外，但警方認爲近日遊行示威屢次都在中環金鐘一帶爆發暴力衝突，遂要求遊行路線大幅縮短，提早至灣仔結束。

然而，即使當日民陣呼籲遊行人士在灣仔散去，民眾亦相當有「默契」的步行往中環，甚至是已經叫囂呼籲其他人前往中環，又沿途提醒前面有攝影鏡頭，派發口罩好讓他們蒙面搗亂；這實屬意料之內，我看著新聞報導只有感到無奈。

傍晚時分，示威者開始佔據馬路、拆毀欄杆、包圍警署、在外牆塗滿髒話。究竟這些破壞行爲與他們口口聲聲說的五大訴求有何關係？爭取自由也包括投擲汽油彈的自由嗎？

雖然警方早有準備在政府總部外圍架設水馬嚴陣以待，不過示威者來了個突擊，竟是包圍位於西環的香港中聯辨；他們用黑色漆彈塗污國徽，又在牆上噴上「支那」等侮辱字句，因此制止這些暴徒就變成了當務之急。

暴徒之多，軍裝警員換上防暴裝備支援已是司空見慣，尤其我們這些比較年青又接受過機動部隊訓練的更是常客。當我隨同僚前往中環增援時，現場瀰漫著仇恨氣氛，示威群眾情緒激昂；我手持圓盾站在最前線就成首當其衝，鐳射光直射過來不得不迴避視線。今晚他們的士氣似乎異常高漲，然後我就聽見他們的新口號。

「光復香港——」「時代革命！」

示威者佔據路面三十米外，他們高呼口號，更是全副武裝，從來都不是手無寸鐵。他們有規律地列陣橫排於路上，佔領來回行車線，就像古時打仗那些盾牌陣一樣，將香港的商業區變成了戰場。而且，他們盾上分別寫有「光復」、「時代」，他們眞的走火入魔了。看見他們不斷用棍敲打盾牌、不斷用石頭敲擊燈柱，戰鼓銅鑼的巨響號召更多的示威者聚集在兩側的行人路上，比起路中心的幾十暴徒人數更多。雖然是少眾的暴徒，但他們就是這樣裝成弱者，並利用和平示威者和記者作人質挑釁警察。

對峙半小時後，警方終於用揚聲器廣播：「在場的人請注意，你們正參與一場非法集結，請盡快離開，否則警方會使用武力驅散，或者拘捕。」

馬上有十數杜鐳射光射來，同時群眾以罵聲回應，其實警察已經十分克制了，反而示威者的態度從不友善。「黑警收隊啦！你們離開的話這裡就恢復和平啦！」

5 民陣：民間人權陣線，主要由香港多個民間團體組成，關注包括人權、民主、文化、少數族群、不同性傾向等議題。由二〇〇三年起，每年香港的「七一遊行」皆由民陣主辦。

「前面藍色牛仔褲的示威者，請停止用鐳射筆照向警員，你的行爲已經構成襲警罪，已經有鏡頭錄影了你的罪行，請停止衝擊警方防線！」

不過示威者根本沒有把警察放在眼內，只有嘈罵的叫喊；直至遠方有人撐了一面黑旗走進示威群眾當中，不但示威者，就連兩旁街道的圍觀民眾亦開始歡呼。街燈的淡黃色映在黑衣上、閃燈的白光打在黑旗上，空氣中在藍綠雙色的激光交錯下飄揚著八個大字，持旗手帶領眾人高呼「光復香港，時代革命」。

——慢著，那個持旗手，他頭盔右側是不是有什麼貼紙？對！

「趙Sir，是那個『象頭盔』！他還敢這樣張揚，分明是挑釁我們！」

「別衝動，聽指令。」

話雖如此，難得站在最前線這次我一定要親手制伏他，我就等指示替天哥報仇——終於推進的指令來了！三十米的距離，我們揹著三十磅的裝備奔跑，奔跑聲震懾整條街道。暴徒潰散逃跑，但那個人沒有放棄手上黑旗，反而揮旗引領那夥人避走橫巷；當警察乘勢追擊轉入內街，我卻見到其中一個暴徒手持汽油彈——

「小心！」

我本能反應躍後，汽油彈就在我原本站著的位置燒成火圈！當我再望向暴徒方向時，只看見黑色旗幟逃遁到隧道方向，沉沒在圍觀的人頭當中——

「該死的，不能放過他們！」

我們繞過火堆跑向隧道。隧道入口的路人紛紛舉起手機拍攝裡面，又半身爬上欄杆窺看隧道內的狀況，但只見隧道一片狼藉滿地垃圾和翻倒了的垃圾箱，那些暴徒已經逃去無蹤。

「停住！」趙Sir跑來一棍打在我的圓盾，喝道：「聽不見我叫你停住嗎？」

我低頭沒回應，趙Sir續道：「這隧道只有兩邊的出入口，另一邊已經有警察佈防，他們插翼難飛，包括那個貼紙頭盔的。我們慢慢下去包圍他們就行。」

終於能抓住「象頭盔」替天哥報仇！我熱血沸騰，與同袍保持陣形往隧道內推進，步步進迫；走到半路，看見「光復」的黑旗掉在路中間，想必是太礙事終於丟掉了，那他們應該沒有跑得太遠。繼續推進，眼前是直線樓梯延伸往地面，聽見人聲，還有眾多黑色人影——

「怎會這樣？」我瞪目結舌，只見到同事站在隧道，黑衣暴徒呢？

對向的警官回答趙Sir：「我們一直駐守在另一邊的路口，聽見你們通知就移來隧道這邊，前後大概花了廿秒鐘吧，沒看到有人經過這裡，這裡很平靜。」

隧道長度至少有一百米，加上梯級的話由一端跑往另一端也得花個廿幾秒，更何況他們有好幾十人，怎可能在這麼短時間避開警察耳目無聲無色地消失？

第四章

黑白做證

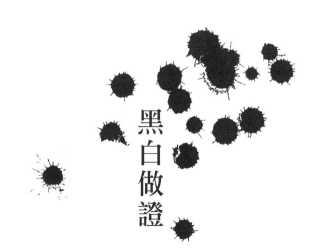

1

「哈哈，不枉本小姐拔腿跑來隧道的另一端，看來發生了有趣的事！」

原本以爲要在隧道內展開激烈和血腥的圍捕，豈料兩隊防暴警察都撲了個空，放大影像拍下他們錯愕的表情肯定會是吸引的花邊新聞，雖然有點對不起他就是。

我回看剛才錄影畫面，數分鐘前那些警察追捕示威者到隧道附近，突然有人投擲「雞尾酒」，接著又有人用強光照向我們記者方向，畫面有點不清楚，但回看影片示威者至少有五十人，是五十人同時消失在隧道裡面呢。這個嘛，當然不太可能，應該是什麼障眼法吧，很有趣就是。

「尤其是這個舉著『光復旗』的示威者。他還故意在頭盔貼上記認分明是存心作弄警隊，在黑夜來去如風，是仲夏夜的精靈帕克[1]嗎？」

話說回來，隧道出入口全都封鎖的話，人類當然不可能無故消失裡面，但密室推理不外乎是密室內犯案和密室外犯案而已。

這時候手機響起，來電顯示是母親大人：「佩心，妳在哪裡在做什麼？」

「我在港島區工作中喔。這裡就放過幾次催淚彈，有零星衝突、有火魔法、還有瞬間轉移罷了，媽媽妳早點睡，不用擔心啦。」

「唉，現在不是說這些的時候。媽媽只想告訴妳，妳今晚不要回家了。」

「欸！又怎麼了？之前妳不是說叫我盡量小心就好嗎？」

「不對，不是妳的問題，是元朗。元朗已經瘋了。」

我想起白天在網上瘋傳的訊息，說什麼白衣人要來教訓入侵元朗的黑衣人之類。我問：「眞的有白衣人喔？」

「哎呀，妳知不知有個街坊就是當著白衣人面前說了相同的話，然後被幾十人亂棍圍毆。佩心妳如果找到同學幫忙就在別的地方過夜吧。或者嘗試拜託一下學校宿舍看看能否讓妳住一晚？」

「咦……眞的有這樣嚴重喔？」

「還有人拿刀砍，總之妳今晚別回元朗啦。」

掛線後，我立刻打開手機群組，一張張血跡斑斑的照片在群組內流傳，那時候剛好晚上十點鐘。當下我作出了判斷，一定要親身到現場採訪，假如連這樣都辦不到那香港

1《仲夏夜之夢》是莎士比亞的經典戲劇，其中的帕克（Puck）是個身手矯捷的精靈，擅長變身，喜惡作劇，是莎士比亞精心創造出來的重要喜劇角色。

不就沒救了嗎？就算是母親大人的話也不能阻止我。如此一來要先找方法離開現場，地鐵站不知還有沒有開呢……

當我在馬路邊東張西望時，有輛白色私家車停在我面前，車上兩名男子都坐在前座。助手席的男子拉下車窗對我說：「小姐，周圍警察開始封路，等會就要清場了，妳要坐我們的車離開嗎？」

「欸？我是在苦惱沒車回家啦，但你們這麼巧合地憑空出現，是貓巴士嗎？」

「義載呀、義載。」司機席的男子說：「剛才有催淚彈掠過頭頂，多驚險啊！我們換回衣服就趕緊取回車子打算離開中環，妳再不走就來不及了。」

說著同時，又有位黑衣青年走了過來，他微微彎腰對車內司機說：「請問是『接放學[2]』嗎？我也正愁著沒車回家。之前警察會截停巴士搜查，又會在地鐵站埋伏，周圍都很危險。」

司機問：「你跟那女生是認識的？不認識的話要先問她是否介意吧？」

黑衣青年冷靜回答：「剛才好像說你們也是參加了示威的，我想我們都是同路人，她應該不會介意。而且我家在旺角，過海很快就到，不會耽誤你們很久。」

助手席的男子頓了一會，微笑道：「對，大家手足無分彼此，沒問題。」

「但我背包有文具，請問可以嗎？」

司機顯得有點不耐煩。「可以啦，你們上了車再說。」

然而那青年也是超級囉嗦的。「請問在擋風玻璃下面放著的那盒東西，是隱形眼鏡藥水嗎？」

「是又怎樣，你是要搭車還是搭訕的？」

「但兩位似乎都沒戴眼鏡呢？」

「有隱形眼鏡藥水當然會有隱形眼鏡啊！你在耍我們嗎？」

黑衣青年神態自若，雙手放後，沒有語調地說：「剛才示威現場曾發射多枚催淚彈，請問你知道戴隱形眼鏡接觸到催淚煙霧的後果是怎樣？但不論怎樣，我肯定你不會繼續戴著隱形眼鏡的。除非你根本不在現場，你在說謊。」

「嘖。」司機升高車窗就踏油門開車走了。

「最近不少假義載，妳女生還是小心點好。」那青年回頭對我這樣說，說實在的，我好像不知在哪裡見過他？

我回應說：「大哥你的觀察力很厲害耶！雖然你剛才的話沒那麼絕對啦，我認識有

2 接放學：由於這場社會運動，尤其是前線的，大多數都是學生，因此接送他們回家的行動會用「接放學」暗喻。同理，接送用的私家車叫「校巴」、示威者的裝備叫「文具」，供替換的衣服叫「校服」。

人也會配戴隱形眼鏡加氣密眼罩上街，因爲可以戴眼鏡的氣密鏡越來越難買了。」

「嗯，但連像樣的辯解也辦不到，這才是他們說謊的證明。」

聽起來好像是很轉折的思考方式。不對，最初以爲這個人是因爲看見車上男子配戴隱形眼鏡知道他們是騙子才來替我解圍，但他剛才的說法比較像是因爲知道那二人是騙子才設陷阱迫使他們露出馬腳……因果倒置了？

「一直望著我有什麼想說嗎？」青年問：「還是妳想找順風車離開？其實我也正要去停車場取車。」

「好啊，我想去元朗。」

「我說順風車不是計程車吧？」他用冷漠的眼神盯著我，卻令我靈光一閃。

「啊啊！我想起來了，你是上個星期在摩士公園出現過的男人！你當晚有在凶案現場圍觀的，我說得沒錯吧？」

「天知道。」他掉頭邊走邊說：「總之我要去停車場取車，妳想坐順風車去旺角的話就跟來，我最多只能幫到這樣。」

「眞的不去元朗嗎？」我掏出了兩張百元鈔票問。

他冷眼回答：「無牌載客取酬是違法的。」

「你知道得很清楚呢，還打算用來威脅你載我到家門口……哇哇，等我啊！」

很頑固的男人，好不容易才跟到他的車上，既然他不願載我到元朗的話也許只能作取捨，而且答案是很明顯的。開車了，他不讓我坐在助手席，我只能從後座進攻。

「先生怎樣稱呼？我叫楚佩心。」

「怎麼回事？這裡不是相親大會。」

「其實我是學生記者，沒有參加示威，所以表露身分也沒所謂。所以你怎樣稱呼呢？」

聽見他嘆氣才回答：「我姓朱。」

「朱大哥，我真的有問題想請教你的，你是不是認識當日發現凶案的那個男人？」

「怎麼回事？這裡沒有記者提問環節。」

「耽誤你幾分鐘嘛，看在我的份上就回答我吧。」

「什麼叫看在妳的份上，妳是什麼大人物？」

「我是楚家大小姐……啊啊，別戴上耳機聽歌啦！聽聽人家說話，我真是有原因想知道的……眞氣人，不要一副『我也是有原因不想說』的表情嘛。」

2

結果半小時的車程他再沒有說過一句話，超級決絕。時間不多，這樣我只好出絕招。

「到旺角了。我要去泊車，妳自己再找方法回家……妳在哭什麼啊？」

「嗚嗚……人家好害怕……大哥你剛才有聽新聞嗎？元朗港鐵站有白衫人衝入站內無差別襲擊市民，我一個人不知怎回家了……」

他又嘆口氣，說：「所以我才不想載妳回去元朗。有朋友可以收留妳嗎？」

「不如我先去你家休息？」

「啊？」他盯著我的雙眼，問：「妳沒有什麼企圖吧？」

「沒有——」

「少騙人了，我眞搞不懂妳在想什麼。」

「有是有，但我沒有惡意，也沒有要做壞事喔！」

他皺眉想了一會，道：「妳先下車，五分鐘後我會回來。」

然後我就被扔到繁忙的商店街上。我下了車後才開始後悔，周圍都沒有住宅，他會不會是騙我而不回來的？但如果他眞是認識那名第一發現者，說不定他會知道些什麼祕密，這是我唯一能夠替進賢哥做的事情了。上星期我做完訪問後就再找不回他，今晚重遇應該是上天的指引吧？要是我把這機會丟失的話，楚佩心妳就眞是個超級大蠢材——

「跟我來。」

「欸！去哪裡？不會是酒店吧？」

「自修室。」

「現在酒店還有主題房喔……」

在一棟新建的十層高的大廈內，我跟他走進升降機（電梯），按下6字，當升降機再開門的時候還眞是一間自修室的門口。

「準確來說這裡應是共享型工作自修空間，但現在沒有營業了。」

他打開大門，開了燈，裡面意外地寬敞，而且裝修也很新，明亮潔淨，大廳擺放幾張白色圓桌和沙發椅，感覺就是高級的會議室。

「這邊有茶水間和洗手間，然後那五扇門是五間私人休息室，裡面有沙發床和被鋪，妳想過夜的話是沒問題。」

「好厲害，難道你就是網上討論區那位提供臨時住宿給衝衝子[3]的『家長』？」

3 衝衝子：前線抗爭者的暱稱。

他好像有點內疚的樣子，說：「只是覺得那些學生犧牲太多，還要冒著被警察毆打的危險上街，看見他們被打得頭破血流就想爲他們做點什麼而已。」

「如果大家都像大哥你這樣，我想我們一定能夠勝利的。」

「不，反而我不清楚你們在做什麼，我只是剛回來香港幾個月而已，但你們的問題應該是冰封三尺吧！」

「嗯，你聽過五大訴求吧？」

「聽是聽過，但是爲什麼非打得你死我活不可？我在外國讀報紙，我記得五年前的雨傘運動還是相對和平的。」

「哎呀，和平抗爭沒用的時候大家就會想用其他方式爭取民主了。雖然民主不一定是最好的制度，但至少它是最文明的、最能提供相對和平的方法去解決問題。畢竟任何時代也有暴政，我們現在說『光復香港，時代革命』，二千年前古人的口號就是『楚雖三戶，亡秦必楚』。假如秦國能夠一人一票選皇帝的話農民就不用起義，劉邦也不用斬白蛇而是斬雞頭參選了。所以在民主化之前，能夠和平解決政治問題的方法其實相當有限，趙高才不想被人用和平的方式奪權。」

朱先生說：「不過也有些原本是民主化的國家例如泰國，最後卻出現軍事政變推翻了民主政府。」

「民主不只是一人一票，正如法治不只是遵守法律，它們背後還有公義的理念、尊重人權自由、保護弱勢制衡強勢等等，不是那麼簡單的。因此越是單純強調選舉的通常是假民主，越是單純叫人守法的通常是假法治，香港現在公民意識提高了，不會再被暴政愚弄，這是政府難以完全杜絕示威抗議的原因。」

「所以這場社運還會持續很久。」

我隨意參觀周圍，在茶水間旁邊有電視音響、電玩遊戲、桌面遊戲等，看來是小型的娛樂空間；書櫃主要都是漫畫，唯獨有本福爾摩斯的英文小說，朱先生說大概是之前誰留下來的。再看下去，角落居然還有個玻璃酒櫃，裡面看起來都是便宜貨，於是我毫不客氣拿了兩支紅酒「砰砰」放到玻璃桌上，而朱先生則皺起眉頭問：「妳不是找地方過夜而已？」

「別這麼掃興，你看我們一見如故，想必因爲你很像我以前死去的男朋友，不如陪我喝酒好嗎？」他忽然很同情的樣子，居然全盤相信了我的話，說不定這男人意外地好騙？這樣的話或者有方法套他的話。我在電視櫃下又拿了兩個骰盅，裡面各有五顆骰子，我提議他不如就來玩玩大話骰[4]？

4 大話骰：「大話」是粵語的「謊言」，是香港酒吧常見的喝酒遊戲，在臺灣叫「吹牛」。

他看起來在心裡冷笑一聲，爽快答應，其實他表情蠻容易看懂的。於是我們各自拿著骰盅搖骰子，開始說謊的遊戲。

我先喊：「兩個二。」他回：「兩個六。」

我說：「三個四。」然後他就打開骰盅，桌上骰子沒有一個四點的，我輸了，要喝酒。

我說：「再來，兩個一！」他還是說：「兩個六。」

我說：「三個六。」然後他打開骰盅，結果我的骰盅沒有六點，加起來不夠三個，我的謊言居然又被看穿了？

又一杯酒，這次我跳脫地喊骰，什麼點數都喊一次，但偏偏我吹牛的那次就被他識破，原來我才是表情容易被看懂的那個？難以置信！

結果我輸了連續九次，那該死的朱先生一臉寬容，相反我全神貫注地搖骰盅，在他眼中我可能像隻青蛙？不，鼓腮的倉鼠可愛多了，總之這次我一定要贏，這個已經關乎我的人格尊嚴的問題——

打開骰盅檢查，裡面竟有四個一點！一點能當作任何點數，但這次我要將他一軍，直接喊四個一看他如何接下去。一般來說都不會相信吧？這次我就當個老實人。

他瞧了我一眼，嘆氣說：「五個一。」眞可惡，輪到我不相信你了，我要打開骰盅——結果桌上還眞有五個一點，我又輸了。

他語帶嘲諷說：「機率上，我骰盅裡至少有顆骰子是一的機率高於一半吧？」

一副想被人揍的嘴臉，咦？不對，他這說法彷彿完全知道我第一次喊的是眞話，第二次卻沒有把握。唔唔，越想越奇怪，綜合之前奇怪的感覺，我忽然得出了一個奇怪的結論；假如我沒猜錯，現在只能動用本小姐的最後武器了……

我舉杯一乾而盡，現在的我看起來應該是滿臉通紅，身體還有點熱。於是我解開衣領鈕扣，用手作扇在胸前搧涼說：「胸部太大眞的很不方便喔，熱的時候汗水都要弄濕上衣。」

「A罩杯不叫做大吧，妳回去查一下字典。」

「啊？字典沒有罩杯大小啊你這色狼！」

「妳還在用小學生字典嗎？」

「死色狼，這次我要押全注，輸了的把整櫃的酒乾了！三個四！」

他嘆氣回應：「四個四。」

「五個四！」他想了想，答：「六個四。」

「七個四啊！」他答：「八個四。」

「開啊色狼！」

我們打開骰盅，結果他手上有兩顆一點、兩顆四點，反而我一個四點都沒有；即是桌上合共四個四，他吹牛被我抓到，我贏了。

終於從大色狼手中贏回一局，他低頭就像見鬼那樣，覺得不可思議。當然是不可思議，照理來說我的骰盅沒有四點，那桌上最多也只有五個四，在他喊六個四的時候我就應該要開，怎會喊到七個四？

他恍然大悟問：「因爲妳根本不知道自己骰盅內的點數！對了，妳剛才的鬧劇就是想轉移視線，其實妳沒有檢查骰盅內的點數，但我卻被妳誤導了。」

「你知道爲什麼我要這樣做？因爲你太奇怪了。也許我是喝醉了酒才亂說話，但你今晚做過的事總是有點不自然……彷彿你有看穿別人說謊的超能力。」

他苦笑自白：「我從來都不會被別人騙到，但妳先把自己騙了再來騙我，這也是我頭一次遇到的，妳贏了。其實不算什麼超能力，只是當我看見有人在說謊，那個人的眼睛感覺會泛著紅光。我很小時候就留意到這現象了，最初以爲人人都一樣，原來好像是比較特別。」

「哇！你是紫外光[5]的艾莉森嗎？」

「不知那是誰，但我叫朱建玄，妳可以用正常點的名字來稱呼。」

「慢著……朱建哥，有其他人知道你的超能力嗎？」

「不多，只有跟我很要好的朋友和一個以爲自己胸部很大的女生知道。」

先無視他的話追問：「那麼當日發現凶案的那人……」

「他是我很要好的中學同學，現職警察。」朱建玄說：「所以他知道我知道他在說謊。」

「等等……這是雙重的大新聞耶！第一發現者居然是休班警察。警察的他爲何要說謊？難道他跟遇害人的死有關？可惜超能力不能當作證據，不然就能揭發休班警察故意撒謊隱瞞眞相。」

「不，我把他的身分告訴妳只是因爲我對警察抱有懷疑，但我不相信他會殺人，因此可以的話請妳別透露他的身分，我不想他被人騷擾。」

「好吧……你們是好朋友呢。」我點頭同意保密。

他問：「所以妳纏上門就是爲了調查那宗案件，妳和死者有什麼關係？」

「死者柴進賢是我以前男朋友的同班同學，在他們中六畢業之前我們經常一起玩。」說到這兒我不禁頓了頓，我現在的表情在他眼中會是帶點悲傷，抑或緬懷過去，還是依然笑著呢？我續道：「之前不是說你很像我死去的男朋友嗎？那是眞的——啊，

5 紫外光：R. J. Anderson 的奇幻懸疑小說 Ultraviolet，繁中版譯名是《完美的妳去死》。主角同樣擁有聯覺能力。

你也知道我在說眞話吧？眞沒趣。總之那個人死了以後我們就很少聯絡，直至上個月重遇，我看見他充滿朝氣的在貼文宣，呼籲街坊上街；我還約他有空出來吃飯，但最後也沒有約成功……他對於我來說不是個不相干的人，他是我的朋友。」

朱建玄站了起來回答：「在遇害人死前我見過他，我可能是最後一個見過他的證人，正如網上傳言一樣我曾經勸說他來自修室過夜，同樣沒成功。或許不及你們之間的情誼，但他對我來說也絕不是個不相干的人。」

他在書架取下一本大型相冊，打開裡面全都是柴進賢的剪報和打印的新聞。他說：「要是妳想我協助調查的話，最初坦白告訴我不就好了？」

對了，他是這世上唯一洞識那休班警察在說謊的人，掌握著全世界唯一的線索的感覺究竟是怎樣？雖然不清楚，但看來他可以信任。

「由此刻開始我們結盟吧！We Connect！」我對他豎起拇指，笑道：「不過眞的有點晚了，我要先回家啦，明天我們再交換情報。這是我的名片。」

但他接過名片後有點苦惱。我問他什麼事，他答：「沒什麼，只是好像之前在別的地方見過妳的名字。」

「呵呵，我也變出名了嗎？」

「那一定是我記錯。明天見。」

我微笑拿起背包，假裝出門，然後轉身盯著朱建玄。朱建玄不明所以，我說：「你這個笨蛋，你真的打算讓一個弱不禁風的女孩子在深夜獨自回元朗這麼偏遠的地方喔。」

朱建玄同樣盯著我好幾秒鐘，便垂頭嘆息：「楚小姐，下次妳想我開車送妳回家直接說就好。」

看來朱先生妥協了，他本質是個善良的人。看見他拿起手機準備起行，卻突然面色一沉，喃喃道：「我想妳還是看看新聞，今晚就算我們二人一起回元朗也很危險。」

3

元朗發生的襲擊事件比原先以爲的嚴重得多，有不少香港人稱之爲「元朗恐襲」。當晚大約十點，數百白衣人手持粗藤條及壘球棍衝入元朗港鐵站襲擊站內市民，就連婦孺甚至孕婦都沒有放過，從車站大堂追打乘客至月台和車廂。其實由晚上七點起已經有白衣人打人的傳聞，現場都有新聞直播，數以萬計的香港市民看見記者直播途中被圍毆亦自覺報警求助，但都無法接通，或者接通後接線人員粗暴回應「害怕就別上街」然後掛線。更甚者，事後有影片發現當時元朗站有至少兩名軍裝巡警，但他們看見襲擊便掉頭離開。

直至晚上十一點左右，警方到達現場，白衣人已經離開，現場卻群情激憤。市民包圍警察理論，警察勸籲市民冷靜並一度拿出胡椒噴霧指向市民，反而是民憤的助燃劑。警察只好撤出鐵路站，返回警隊衝鋒車；同時衝鋒車旁邊的白衣人又再出動，拿棍棒再次襲擊站內市民，期間警察則是完全消失。

到了凌晨一點，防暴警察終於現身，白衣人退回南邊圍村，個個都手持鐵棒儼如私人軍隊，並與村外市民隔空對罵。市民多次向在場防暴警察求助不果，反而有傳媒拍攝到警方指揮官與白衣人言談甚歡，輕拍對方肩膀，後來村民還招待警察到圍村內休息。民怨震天，但警方解釋現場看不見任何人持有攻擊性武器便撤隊離開，又把元朗襲擊定義爲兩批政見不同的人的打鬥，明顯淡化了白衣人的暴力行爲。自此「警隊」與「黑社會」在輿論口中變成同義詞，尤其很多白衣人沒戴口罩、沒有遮掩樣貌、竟沒被拘捕，令市民懷疑政府是否利用黑社會打壓示威者。很明顯，政府徹底地失去了市民的信任。

當公權力失去公信力時，無論做任何事，社會都會給以負面評價，這就是「塔西佗陷阱」，就是七二一襲擊過後香港政府面臨的處境。當政府的任何措施都沒有效果，政府只能用更強硬的手段應對，而市民只會對政府更反感，塔西佗陷阱就是這麼一個死胡同。

——叩叩。

睜開眼睛，四間是陌生的空間；關上的玻璃窗、冷氣機、四面米白色的牆，自己則睡在沙發床上。對了，我跟那奇怪男人借宿一宵了。

門外的人繼續敲門說：「楚小姐，起床了嗎？」

「欸……原來已經十點多，等我一下。」

我懶洋洋地爬起床，也懶得梳頭，不過也得花一輪工夫才能夠開門。門外的朱先生看見我的樣子，又探頭望向房內，很快就發覺房內佈置不一樣，問：「妳在裡面做了什麼？」

「沒什麼，不過你的房門只有一個門鎖，而你又有鎖匙，我害怕你會一時衝動所以睡覺時把沙發床搬到門前擋住而已，並不是要把房間弄成密室然後自殺。」

「好啦，我等會買門栓和防盜鏈來安裝。」他又問：「不過妳今晚應該不會留在這裡過夜，妳又不是無家可歸。」

「昨天你也看到那些傳聞吧？說什麼幫派大老入院，又說其他幫派要報復，坦白說也不是沒有半點不擔心的可能性啦。」

「那先通知妳，今晚我可能會帶幾個學生來過夜，他們有的是害怕元朗黑社會打人，有的是跟父母政見不同而被趕出家門。大概昨晚的事情是催化劑，突然很多人在群組找地方暫住，我現在出門見一下他們。」

「那你放心把這裡交給我了？還是其實自修室有閉路電視來偷拍我？」

「要是有的話我一定告訴妳沒有。總之妳出門記得鎖門就好，雖說自修室沒什麼貴重東西。」

「嗯，但無論怎樣我今晚都會回來，我們還有話題要繼續吧？」

「那今晚見。」語畢，他便拿著背包離開了共享自修室。

那個男人真的很奇怪，不怕遇到壞人引狼入室？我記得網上有找地方暫住的群組，好奇加入群組看看，很快就找到一段很令人在意的對話。

@planete：我今年十四歲，男，被家人趕走，想找地方暫住。

@redBirdAndBlackTurtle：回覆 @planete，我們私下聯絡。

那個網名叫紅色鳥和黑色烏龜，不就是朱雀玄武？感覺是朱建玄呢，看他經常板著臉就知道他愛裝酷。不過就這樣看也看不出那個叫行星之類的人是不是壞人……啊，所以朱建玄才要親身見他吧。畢竟朱建玄有犯規的超能力，能輕易盤問出對方底細，根本不用替他擔心。

雖然想了想，這種能力還是挺可怕的，要是他身邊朋友知道可能不敢跟他說話呢。說不定他沒什麼朋友。

想著同時，我聞了聞自己的頭髮，很糟糕，看來要先回去大學宿舍借澡室一用。之後順便整理一下資料，必要時還要跟警察打聽情報……不知道「那個人」會否都變了。

4

晚上八點半，我簡單寄手機信息給朱建玄，之後就在他的共享自修空間碰頭。

看見玄關多了兩雙鞋，我問：「有新人來暫住了？」

他點頭回答：「兩個中學生，十四、十五歲左右，都是與家人政見不一樣而離家出走的。」

我壓低聲音說：「你有看新聞嗎？第六位義士墮樓了……原因都是與家人政見不合。」

「尤其發生了昨晚的事，支持政府的人居然對著電視新聞為白衣人吶喊助威，恨不得親自上場『教訓』那些學生。其中一位來暫住的男生，就是因為他父親說『最好打死那些暴徒』才離家出走的。」

「你有好好照顧他們嗎？」

「已經跟二人聊了整個下午，晚上就讓他們上網跟朋友訴苦。有時候網上的就算是陌生人都比較親切。」朱建玄打開其中一間私人休息室的房門，說：「我們在裡面談吧，免得騷擾到他們休息。」

「明明是自修室但隔音卻不好嗎？」

「正是自修室才沒想過有人這麼吵耳。」

邊聊邊轉換場地，這間休息室雖然跟我昨晚睡的是不同間，但內裡都一樣，都是四面牆壁、一張桌、一張椅、一張沙發床、一個掛鐘，大約四乘三等於十二平方米的空間。他「啪」聲把一塊白板放到書桌上，開宗明義就說：「確認一次我們為何今晚會聚在這裡討論吧。雖然我們都關心柴先生的死，但爲何非要我們調查不可？」

「因爲只有你知道那名第一發現者在說謊，而且只有我一個人相信你這種小說設定的超能力，所以只好讓我來指導你如何調查。」

「指導？妳是野生的福爾摩斯？」

他的愚昧不禁令我發笑。「你知道現今搜證的科技是多麼先進嗎？而且滿街都是攝影鏡頭，更不說那些能夠辨識人臉的監控燈柱了。就算福爾摩斯來到二十一世紀都只會是個科技宅、宅在家中抽煙草的廢青，英國電視劇是騙你的啦。」

「妳這些話不怕得罪全英國的六千多萬人還有全球的書迷？」

「不，福爾摩斯還是很聰明，但現在破案不需要聰明了。看看我們的手機會定位，用電子交易會有記錄，甚至乎你用語音助手的話還會被錄音，到處都有你的電子足印。還沒提及那些最先進的鑑識科學呢，能夠動用這些力量的都是警察，普通人就算如何聰明都及不上警隊的龐大資源，二十一世紀很多推理小說的偵探都交給警察來擔當了。

「而唯一能夠與警察抗衡的就是第四權的媒體，所以傳媒才能監察政府和揭發政府的醜聞，正如韓國光州事件也因爲外國記者拍得的影像才得以公諸於世。當我們說那些新聞是懸案，那記者就是偵探！現在我們發現有警察說謊，要調查警察的只能是記者對吧？」

朱建玄點頭說：「好吧，我明白妳的歪理了。那麼妳要從何調查柴先生的案件？順帶一提那名休班警察叫王良摩。」

我把柴進賢和王良摩的名字寫在白板上，然後拿出平板電腦，播放當日王良摩接受採訪的畫面給朱建玄看。我問他：「你能夠看見第一發現者的哪一句是在說謊？」

朱建玄搖頭。「我的『能力』有限制，只能當面看著對方的眼睛才能分辨他是否說假話，影片沒效果。」

我嘆氣說：「就知道沒有這麼便宜的能力。因爲你說過第一發現者知道你的『能力』，那由你去問他一定會起疑心吧！所以我想過由我出面問，再偷錄給你看他是否說謊，看來行不通呢。」

「順便說說，距離太遠的話我也無法辨別謊言。最好我能定睛盯緊對方，才可以在他說謊時察覺到微弱的泛紅，大概任何偷雞摸狗的方法我都很難用到我的『能力』。」

「嘖，眞是令人失望。我原本以爲二十一世紀唯一能夠抗衡警察的科學力量就是超能力和多啦A夢呢！」

「唯一能抗衡的又不是記者了？」朱建玄沒有表情地吐槽，續道：「但我記得當時他說的哪句是謊言，妳稍爲倒帶半分鐘前。」

——死者當時滿身都是血，橫躺在廁所中間；旁邊有幾個空啤酒罐，地板上有支手機，洗臉盆有把清洗過但依然沾有血跡的西瓜刀。大概就是這樣了，畢竟我不能碰案發現場的東西，只能把看到的告訴你們……

朱建玄邊看影片，邊把王良摩的話寫在白板上，然後我叫停了他。

「慢著！沒有更精準的嗎？例如當你聽見『西瓜刀』三個字就看到紅光，知道只有『西瓜刀』三個字是假話之類的？」

「沒那樣方便。第一，說話要看前文後理，他只說『西瓜刀』三個字沒有意思，不能說那三個字是謊話；第二，我剛才說過眼睛泛紅光要很留心才能看見，所以可能他之前就在說謊，只不過我要聽到最後才注意到他在說謊而已。」

朱建玄又補充：「一併把另外一個限制告訴給妳吧。我只能分辨『謊話』，不能分辨『眞假』，這個妳應該是知道的。」

「嗯，就像昨天的大話骰，我深信自己骰盅裡面有五顆四點的骰子，所以能夠毫不猶豫地叫『五個四』，縱使結果與事實完全不符。換言之你只能判斷我在說『眞話』，但『眞話』不一定是『對』的。」

「沒錯。但這樣有點複雜，我們先假定王良摩說『對』的話，這樣比較能列出他的證言與現實不相符的可能性。」

一、死者當時其實沒有全身都是血。
二、死者並非橫躺在廁所中間。
三、死者身旁沒有幾個空啤酒罐。
四、廁所地板上沒有手機。
五、廁所洗臉盆沒有西瓜刀。
六、西瓜刀沒有清洗過。
七、西瓜刀沒有沾血。
八、王良摩碰過現場的東西。
九、王良摩沒有把看到的告訴我們。

就單純把王良摩的證言的意思全部翻轉，如果他的證詞有謊話，那麼以上九點其中一點就是被他隱藏的眞相。

我抱怨說：「果然依賴超能力的推理小說都不是好東西，你把原本一個謎題弄成九個謎題了吧！」

他否定答：「最基本解決問題的方法就是divide and conquer，把大問題拆散成小問題然後逐一解決。妳看其實有幾點都無關痛癢可以忽略，我覺得最可疑就是王良摩碰過現場的東西，可能取走了些什麼。」

「唔唔……還是很難理解啊。你這個由小笨蛋組成的大笨蛋，我才不依你的方法來推理。我只簡單問你，你覺得王良摩爲什麼要說謊？你覺得他會是眞凶嗎？」

「我認爲他不是犯人。我們之前有用手機聯絡過，他很明確告訴我柴先生的死亡時間爲凌晨一點半至三點半，這段期間他與他的警察同袍在一起，應該是很充分的不在場證據。我想警隊有記錄他不會說謊。」朱建玄頓了頓，說：「至於他的爲人，其實我也有很久沒見過他，實在不知道他是否依然是中學時代的他。他本來是個很有正義感的人，我希望他現在也是，所以不知道他爲何要撒謊。」

我聽完朱建玄的話，想起自己其實也有很久沒見過柴進賢，他還是以前我認識的進賢哥嗎？

於是我建議：「明天我們分頭調查吧，你負責調查你的舊同學，我負責調查柴進賢。以我認識的柴進賢跟凶案現場確實有矛盾之處，我要去確認一下。」

「那今晚先這樣。妳現在要回家了？聽說中午時元朗全部店鋪都下閘關門儼如死城，妳要回家的話我可以送妳回去。」

我笑道：「看來你還是懂得照顧別人的。」

5

烈日當空，夏蟬鳴響，我獨個兒站在公園樹蔭底下等朋友。最初幾位男生走來我這邊，大汗淋漓，踢著足球有說有笑，雖然有點臭但這就是暑假的感覺吧。

我們一起站在樹下，一起望向公園對面的公寓大廈，終於看見阿國和進賢哥笑著揮手登場。他們二人不只住在同一屋邨，還是住在同一大廈，所以感情特別好。

曾幾何時，這是我暑假的日常。因爲進賢哥的父母白天都不在家，我和阿國還有他的同學每個星期都會上進賢哥的家裡玩，有時候玩電玩，有時候玩桌上遊戲，有時候打麻雀（麻將）。重臨黃大仙下邨，當我看見幾個十五、六歲的學生站在相同的樹下，彷彿讓我看見五年前的自己。

結果我因爲阿國的死而沒有再來，卻因爲進賢哥的死而回臨舊地。

看新聞進賢哥仍是這裡的住戶，於是我從手機通訊冊找到他的住址，來到大廈大堂，順便告訴保安員要找十五樓的柴家夫婦；然後搭升降機來到進賢哥的家門前，剛好與一位低著頭的眼鏡男生擦肩而過，感覺這一層住客的心情都有點低沉。

——叩叩。

「請問柴世伯在嗎？」

沒反應，反而旁邊鄰居打開了門，鐵閘後是年約四十的婦人。

婦人說：「柴生柴太還沒回來……哦，好像是生面孔呢？」

我向婦人點頭打招呼：「最近有很多人來探訪這家嗎？」

「對啊，剛剛還有個中學生來過。」婦人上下打量著我，問：「妳也很年輕，應該不是記者？」

「我是這裡住戶的兒子的舊同學，所以想問候一下世伯和伯母，畢竟發生了那件事……」

「可是那夫婦在前個星期日去旅行了，還沒回來呢。」

前個星期日——七月十四，那豈不是柴進賢死的當天？也許婦人看見我臉上訝異的表情，她有點哀傷地說：「就是沙田新城市廣場發生騷亂那天。當晚我看著電視的新聞直播，然後聽見門外有點吵，開門就剛好碰到柴生柴太拖著旅行箱打算出門。我們寒暄了幾句，他們說要趕夜機飛大陸旅行，還說更換了家中門鎖，假如他們兒子沒鎖匙回家也叫我們別理他，所以我記得很清楚。」

我喃喃道：「竟然是同一晚，進賢哥的父母可能正在搭車去機場，而他自己則露宿在樓下公園，有家歸不得……」

婦人嘆道：「不知道柴生柴太回來會怎樣想，但最近他們家庭關係真的不太好就是，夜晚經常聽見他們吵架。」

此時我想起新聞報導，柴進賢的屍體被發現時，在他的褲袋裡還有一包大麻花；同時現場有幾個空的啤酒罐，隨後檢測他體內血液的酒精濃度頗高，推測死者當晚喝了不少酒，不只是廁所內的幾罐。問題是，我所認識的進賢哥是滴酒不沾的，更何況是抽大麻？抑或因爲家庭壓力要抽大麻減壓嗎？

我問婦人關於進賢哥的事，她搖頭回答：「沒留意那家孩子有沒有什麼不良嗜好，畢竟我們也只是偶爾碰面。」婦人猶豫半晌，又問：「孩子妳問這些是做什麼？怎麼好像在調查似的……」

「進賢哥是我的朋友，我想知道是誰這麼殘忍殺死他。」

婦人感到難過的樣子。「對呢，我知道柴家兒子他是『反送中』，警察可能會不了了之，現在警察都不可信吧？」她又再壓低聲量說：「我偷偷告訴妳，我懷疑地鐵站報攤的權叔跟案件有關。」

「欸？怎麼說？」

「權叔是深紅的愛國藍絲，還有傷人的前科；偏偏柴家孩子經常在地鐵站的連儂牆貼海報，我見過二人曾經吵起來呢。而且那孩子是凌晨遇害的吧？那時候街上都沒什麼人，唯獨賣報紙的要那個時候開始工作……妳明白我的意思嗎？不過別給權叔知道是我說的喔！」

「我明白了，我跟那位權叔打聽一下，就算他與案件無關但當日凌晨他可能也在附近。」我躬身向婦人道謝：「我不會提及妳的，謝謝妳！」接著就往下個地點出發。

根據婦人的描述，我來到地鐵站附近的報攤，很快就找到目標的老翁。我故意在他面前俯身撿起一份親政府的報紙，報紙頭版狠批示威者是暴徒搞亂香港，我便附和自言自語：「究竟那些暴徒什麼時候才願意收手呢？香港已經夠亂了。」

權叔厲聲疾呼：「小姐妳也譴責暴力對吧！終於有個明事理的年青人了！」

「嗯，當然啊，暴力是不對的。」

「就是嘛！可是現在的學生都是那模樣，都被寵壞了！以為想要什麼父母就要給什麼，要不到就周圍破壞！」權叔握著顫抖的拳頭問：「妳聽說過東江游擊隊[6]嗎？當年我父親就是東江游擊隊的，站在最前線跟日本鬼子駁火，我們才是光復香港的人。他們不尊重先烈就算了，如今香港回歸中國還說什麼光復？真是豈有此理！」

正如之前那位鄰居所說，這位權叔十分愛國，我想也沒有錯就是。於是我順著這個脈絡跟權叔說：「聽說那些示威黑衣人還在遊行時揮舞美國國旗，真不成體統。」

「那叫丟臉！他們敢向美國警察扔磚的話早就被警察打死了！相反香港警察很克制，而且專業得多。」

我苦笑說：「一定有外國勢力煽動這場暴亂，我住這裡十多年都沒見過黃大仙這麼混亂的。聽說最近還有人死了呢！」

權叔一臉鄙視罵道：「死得好啊，那個港獨蟑螂死了對香港更好。」

「伯伯，你說最近在公廁遇害的學生也是港獨份子嗎？」

「當然是了！他有份組織黃大仙的暴動，還把那個公廁當成自己基地，在裡面存放裝備和港獨海報，弄得公園烏煙瘴氣。我們群組很多人都看不過眼，所以把他的資料上傳到『暴徒資料庫』裡了。」

所謂「暴徒資料庫」我亦略有所聞。簡單來說也是個起底[7]網站，鼓勵市民監察友人、鼓勵外籍傭人監察家中僱主，若有發現「暴徒」就把他們資料上傳網站。

權叔低頭翻看手機，唸唸有詞：「哎呀，記得群組有人貼過一張照片，照片就是他

6 東江游擊隊：二戰期間，中國共產黨在廣東東江地區建立多支抗日游擊隊，並整合編成東江縱隊。在香港活動的為東江縱隊港九大隊。

7 起底：即人肉搜尋對方個人資料並公開審判。在「反送中」運動期間，支持警察一方以「父母尋子女」的名義對示威學生「起底」，而反警暴一方亦用「父親尋兒子」的名義對警察「起底」以示對抗。

在公園貼什麼牆、什麼起底海報，怎麼找不回照片的呢。」

我搭話回應：「原來是這樣，你們知道得眞清楚呢。」

「因爲群組裡面有警察報料啊，所有暴徒都無所遁形。」

他口中「警察」二字使我十分錯愕。換言之進賢哥遭殺害前，警察就已經掌握了他的資料，還有其他人把他的資料上傳網站。連同那個公廁也是被盯上的地方，一切都是巧合嗎？

此時權叔伸手拍向我的腰，被老娘我及時抓住。權叔笑道：「現在懂得分黑白的年青人實在太少了，還好有像妳這樣的孩子，香港才有希望。」

「謝謝，伯伯你要加油呢。」我捉住權叔的手把二十元紙幣塞給他，不等他找錢就掉頭走了。

想佔老娘便宜還早十年吧，但念在他給我不少情報就賞他個零錢算了，尤其是他說了報紙沒報導的事情。

我邊想邊走到摩士三號公園的公廁外，即是案發現場，現場已經沒有封鎖，但廁所外牆的確留下了連儂牆遭撕毀的痕跡，滿壁都是。剛才權叔說起底海報，如果是貼有警察個人資料的話，那遭警察移除也不奇怪。不過回想起來，案發當晚也沒印象有看到海報？

我站在公廁外面壁苦思，幻想貼滿Ａ４紙的話大概能貼到五乘十張，即是五十張Ａ４海報，規模不小，但這裡根本沒有很多人經過啊？要是連儂牆的目的是文宣，弄這個的人應該搞錯了什麼。

「——小姐，請問有什麼需要幫助嗎？」

我「哇」了一聲，雖然我呆站在男廁前但我可不是變態啊，嘗試連忙解釋，但對方一位少婦只是苦笑說：「不，這裡發生過那件事……我見妳看得入神才問問罷了。」

「哦，因爲我聽說這裡有連儂牆，好奇過來看看。」

對方有點意外。「我每天都經過這裡，沒留意有連儂牆呢。什麼時候有，又什麼時候被拆了？」她摸著牆上留下的紙漿痕跡喃喃自語。

這樣的話又多一個謎團了，我把它命名爲廁所外「消失的連儂牆」，記者的直覺告訴我這個跟進賢哥的案件有關係。

6

「第一發現者撒謊，接著有人早已對案發現場出現的學生心存怨恨，還說現場有一面可能貼滿五十張Ａ4紙的連儂牆被撕走。」朱建玄望著我說：「弄出更多謎團的不只我一人，妳也是麻煩製造者吧？」

晚上我來到自修室與朱建玄交換情報，坐在相同的房間，圍著一樣的白板討論著。我回應說：「你不覺得奇怪嗎？說不定警察早已經盯上柴進賢了喔。」

「也可能是那位老伯在亂講。妳也知道他們群組很多假消息吧，正常人很難相信一個公園的廁所會是香港獨立的祕密基地，這樣摩士公園要變成中山公園[8]了，警察也要發瘋才會盯上那地方。」

「你又怎保證現在警察不是已經瘋了呢？別忘記我們正在調查爲何你的舊同學的現職警察要撒謊，他叫做王良摩對吧，所以關於他的事情你有查到什麼了嗎？」

「雖然不能直接跟他見面，但我那位舊同學意外地很積極澄清，還有提供案件資料。」朱建玄用麥克筆在白板畫了一條時間線，並參照電話的筆記寫著。「七月十四日，死者柴進賢參與了沙田的反修例遊行，同日晚上高級警員王良摩亦因應調配在沙田執勤，直至午夜十二點收隊。之後王良摩與同袍到了沙田的威爾斯親王醫院探望受傷同僚，一直留在醫院直至凌晨兩點才回到黃大仙警署繼續工作，工作至凌晨四點才下班回家，並於約凌晨四點半在摩士公園公廁發現死者屍體。」

「我有問題。」我舉手發問：「案發地點在摩士公園公廁，雖然公園是二十四小時開放，但那裡凌晨不會有人逛啊，為何王良摩會在四點半到公廁並發現案件？」

「凌晨四點十分，警察報案中心收到匿名電話投訴摩士公園有人大吵大鬧擾人清夢，於是王良摩下班順便看看，繞了個大圈結果在三號公園發現了死者的屍體。」朱建玄說：「值得留意的是，警察事後在附近大廈詢問住戶有否在凌晨四點聽見摩士公園傳出吵鬧聲，其中一戶證言確實聽見，而且不止一次，就在凌晨三點公園亦傳出叫喊聲，像是喊口號那樣，不過聲音有點沙啞所以聽不清楚。」

「凌晨三點和四點都傳出叫喊聲，十分可疑呢……」

「順帶一提那住戶當時正在觀看足球賽的直播，非洲國家盃四強戰阿爾及利亞對奈及利亞。球賽正好是三點鐘開始，所以他對時間很有把握。」

8 屯門中山公園：相傳是孫中山當年與革命同志聚會的地方，公園內的青山紅樓更被是孫中山策劃推翻滿清政府的「革命聖地」。過往每逢雙十國慶都有親台團體在該地升起青天白日滿地紅旗，後來紅樓被中國大陸商人收購強拆，引發軒然大波，最終被迫擱置。

「喔，那場球賽我記得，最後是阿爾及利亞贏了。」

「那個不用告訴我。」朱建玄一本正經說：「接下來是關於死者的情報。當晚柴進賢在沙田衝突後無法歸家，只能流連在屋邨附近的公園，然後我在晚上十一點半見過他、聊過幾句，這是我的獨家消息。接下來是警方的資料，死者的死亡時間爲七月十五日凌晨一點半至三點半，被發現時遺體身上有超過十處刀傷，還有多處瘀傷；死因是受刀刃襲擊以致心臟損傷，相信是即時死亡。現場找到一把刃長十八厘米的西瓜刀與遺體的傷口一致，很可能是行凶的凶器。至於死者身上的大麻花數量不多，應該是自用，但沒證據顯示死者當晚曾抽過大麻。」

「其實大麻是怎樣抽的？」

「不就磨碎那些大麻花，然後用煙紙捲成雪茄那樣，又或者用煙斗、水煙斗點火抽嗎？」

「經驗之談？」

「外國很常見。」朱建玄同時畫著時間表，圖表還有柴進賢在討論區聊天的時間，從午夜十二點到凌晨兩點五十二分最後一次發文。

「咦？凌晨兩點十分爲何標記了星星？」

朱建玄反問：「妳有沒有上討論區看過死者的發文？」

但因爲我還沒有心理準備面對進賢哥的遺言，所以只是輕輕搖頭。朱建玄也是個蠢材，沒理解我的心情，還是板著臉說：「死者最後在討論區聊的其實也是抱怨和發洩居多，沒有跟他的死有任何關係，唯獨在兩點十分發言說他在公園重遇一位戰友；那戰友雖然戴著同一頭盔，但其實不用看他的頭盔，甚至不用看他的臉，死者亦能感覺到對方是誰。所以說，那位戰友也許就是最後見過死者的人，找到他的話可能會有什麼情報，但王Sir說暫時連警方都無法掌握那個人的情報。想想也是當然，畢竟說是戰友即是一同參與騷亂的人，那個人也肯定不會願意表明自己身分。」

我心想，那名戰友是個能夠從頭盔而辨認出身分的人。可是BlackBloc戰術就是要隱藏身分，一般來說沒有人會故意把自己的頭盔弄成可以辨識的，除了我心目中知道有個人是反其道而行。

「喂，朱建哥你聽過象頭盔的神祕人嗎？」

朱建玄若有所思，答：「略有所聞，是在安全帽上貼了卡通象貼紙的示威者。」

「而且前天的七二一港島示威，象頭盔的神祕人帶著超過五十名示威者逃避警察追捕，他們全部都在鏡頭前神祕消失了喔！我看過現場隧道只有兩個出入口，兩邊都有警察封鎖，他們就像魔法那樣蒸發了，翻看影片也找不到破綻，到現在網上還在熱烈討論呢。」

「反正不可能是魔法，只能算是魔術，類似在眾目睽睽之下集體消失的舞台魔術。」

「總之現在象頭盔的神祕人已經變成花邊新聞人物，如今他更是最後一位與柴進賢見面的人，這世界眞是充滿巧合……抑或不是巧合？」

朱建玄又拿起麥克筆，邊寫邊說：「交換情報之後，接下來我們要調查的有三件事。第一，可能的話找出妳口中很感興趣的象頭盔的神祕人看看。第二，待死者父母回港後詢問他們柴進賢生前的狀況，包括妳說柴進賢應該沒有吸毒的習慣這一點令人在意。第三，繼續調查王良摩案發當日爲何而且說了什麼謊話。雖然根據資料他有可靠的不在場證據，我想他不是凶手，但改變不了他撒謊的這件事。」

「我想追蹤象頭盔的神祕人看看。」我說：「這個週末元朗和港島區也有遊行，我想他會出現。」

7

市民認爲七二一的恐怖襲擊當中，香港警察有勾結鄉事勢力以及黑社會的嫌疑，因此發起「光復元朗」的遊行。遊行遭到鄉事會強烈反對，並多次發信警告警方不要批准是次遊行，否則後果嚴重，最終警方發出書面通知禁止七月二十七日的遊行，卻無阻市民以各種原因前往元朗。

就結果而言，當日遊行屬於非法集會，因此現場氣氛一開始便十分緊張。街道各處都有防暴警察戒備，而市民看見警察亦由以往高喊「黑警」改爲叫罵「黑社會」，認爲警察與黑社會無異。

我有不好的預感，原本打算把握機會在現場尋找象頭盔的神祕人；但不出所料，天還是亮但警隊已經開始用催淚彈驅散示威者。這一天警隊發射催淚彈毫不留情，即使在密集民居甚至是老人院亦肆無忌憚連放催淚彈，使得街巷一片混亂。煙霧迷漫，我看不見象頭盔的身影，只好繼續採訪，爲今天的警民衝突作見證。

雖說每次遊行幾乎都以騷亂終結，但自從七二一恐怖襲擊之後，示威者與警察雙方都明顯更加激動。當晚最不願意看見的畫面是，防暴警察把示威者驅趕至元朗港鐵站，示威者用站內滅火器與消防水帶噴灑還擊，卻引來速龍小隊衝入站內撲打示威者，把示威者打至頭破血流然後撤退。其中一名警員更以改裝警棍威嚇示威者，擅自在警棍上加裝凸起物，惹來極大批評。

接著是七月二十八日港島區遊行，同樣是抗議警黑勾結。由於是非法集結，與「光復元朗」的遊行一樣，警方再次以密集式施放催淚彈驅散示威者，不少是以平射方式射向人群，亦有向記者投擲燃燒物，處理手法均受批評。

結果，兩天混亂的示威衝突當中，象頭盔的神祕人都沒有出現。

踏入八月的第一天，示威活動變得恆常化，就連平日每晚都有市民包圍警署，聲討警黑勾結、濫暴與濫捕。

「但你還有心情打電玩呢。」

晚上，我照常來到朱建玄的自修工作間的大廳整理資料，他卻戴著耳機連點滑鼠，玩得入神。這時候其中一間休息室的房門打開，裡面走出來一位看起來有些內向的男生，他發現我然後小聲說：「我是出來裝水的……」

朱建玄指向茶水間說：「剛剛燒好的水，注意可能還有點熱。」然後朱建玄又對我說：「你們好像沒見過面？他叫阿星，就是七二一之後來暫住的中學生。」

「你好阿星，叫我心姐姐就可以。」

男生便向我點頭打招呼，裝了一瓶水，接著急步回房。關門前他叮囑了朱建玄小心身體。

「咦？你身體有什麼問題嗎？」

朱建玄邊玩電腦邊回答：「前天扭傷了腳踝，暫時不能出街。不過醫生說休息一個星期就好，沒大礙。」

「那你繼續打電玩吧。」我靈機一觸，笑道：「而且打電玩也不是跟『反送中』完全無關喔。爲何這場沒有大台的運動，參加者本應是烏合之眾，政府卻依然束手無策呢？有人解釋是因爲這群年青的示威者正是成長在電玩遊戲的世代當中，像玩電子競技那樣上網跟陌生人組隊，各司其職，隨機應變。你有留意現場的話就知道示威者各自有很多種『職業』。」

傳統MMORPG的「鐵三角」是坦克、補師、輸出。看那些站在最前線持盾牌或打開傘陣的正是「坦克」，負責吸引火力、抵禦傷害、保護後排；補師當然是指現場的義務急救員，他們流動支援傷者，更會把急救包分散放在道路上，擴大「補血」範圍；最後是「輸出」，即是負責對抗的，最常見就是向警察擲磚頭的「投擲兵」。但磚頭不會無中生有，這就得依賴「工兵」挖掘道路的磚塊。

「工兵」除了挖磚頭之外，他們還會拆除馬路上的欄杆，然後在前線設置路障，所以各種工具都不能缺少。一般來說，工具等物資都在後方，因此需要「搬運兵」列隊組成物資鏈將物資送往前線。

要控制物資運送，亦要控制人群有秩序地移動，這情況就需要「旗手」提示民眾前進或慢慢後退。

另外，爲了保持如水的靈活性，控制人群時亦需要呼籲大家與前線保持一段距離。這不但預留空間讓「衝組」往後逃跑，亦需要釋放空間讓中間的「救火兵」行動，「撲滅」催淚彈。

「尤其最近警方改變了策略，不以驅散人群爲目的，而是以密集飽和的方式施放催淚彈務求傷害前線，救火兵只好進化以各種方式『撲滅』催淚彈。始終也有研究說過期催淚彈有機會產生化學作用增添毒性，警隊刻意在催淚彈的彈殼劃花有效日期亦令人擔心是『此地無銀』。」

朱建玄邊玩邊答：「確實很像電玩遊戲。」

「然而只是戰略上相似罷了。他們是用肉身站出來擋子彈，望著戰友就在自己的身邊中槍倒下，或者與警察拼命被打得頭破血流。他們受了傷即使僥倖逃過追捕也不敢到醫院，擔心警察埋伏在醫院內，一看見你的傷是被橡膠子彈打出來的就立即拘捕，有些人甚至沒錢買防毒面具只能戴普通的外科口罩就跑上前線擋催淚彈，結果第二天起床才發現自己全身都化學灼傷才不得不去求醫。看見那些人，你就知道他們把抗爭形容爲遊戲不過是苦中作樂而已。」

朱建玄平淡說：「本來警隊有無限資源，力量本身就不對等，正面對抗自然是自討苦吃。」

「力量和資源都不及政府，但政府養了很多笨蛋，他們有人以爲Telegram是外國支援的『電報機』，又說示威者曾接受外國情報機關訓練因此懂得用iOS的AirDrop功能做文宣，根本就是活在石器時代。相反香港人不只在戰場上絞盡心思，放下面罩也是各自努力。現在香港每天都有遊行，每次遊行都有很漂亮的文宣海報，就是一些從事廣告設計的市民下班自發繪製的。音樂人就作曲打氣、IT人就寫網頁記錄警暴、會外語的就將文宣翻譯成爲不同國家的語言、留學生就努力在國外宣傳……」

八月二日還有公務員集會，他們各自更能發揮更大的力量——說到這裡彷彿能看見抗爭勝利的曙光，差點忘記原本想說的話。

「說回電玩遊戲吧。我記得梁天琦也很喜歡玩《魔獸世界》喔。」我呷一口茶，續道：「所以我直覺認爲，那位象頭盔的黑衣人應該也很喜歡打電玩。網上傳聞他在七二一之前曾在示威現場招募成員，招募了大約五、六十人。我聽說過勇武前線會有自己的組隊，可能六人一組、十人一組，但像他組成五十人的『遊戲公會』那樣就十分罕見，也很難管理，所以我猜他一定是個很聰明又有領導才能的人。你在遊戲裡有聽過什麼傳聞嗎？」

朱建玄皺眉反問：「妳好像對那個人特別感興趣？我認爲他只是其中一個線索，主線任務應該是調查誰殺死了柴進賢。」

「嗯？我想你誤會了，我不是尋找凶手，我是想找出警察在殺死柴進賢的案件裡面扮演什麼角色，而王Sir又爲何要說謊而已。」

「已經斷定柴進賢的死是跟警察有關係嗎？香港警察眞不受信任。」

「呵呵，你的笑話很有趣。」

勝利的希望在於八月五日。之前網上多次號召三罷[9]也不成功，但八月五日聲勢浩大，尤其事前有四萬人冒雨出席公務員與民同行的集會，擠滿整個中環遮打花園，市民都下定決心要罷工一天與政府對賭，迫使政府讓步。

警隊態度強硬，警隊佐級協會主席在日前以公開信方式直斥示威者是蟑螂，叫蟑螂收手，做法被質疑與盧安達政府屠殺圖西族[10]所用的宣傳手法一致。

政府亦不敢怠慢，先是譴責公務員必須保持政治中立不應發表任何政見，同時中資機構紛紛在事前警告會處分當日罷工的僱員，亦要求管理層舉報當日無故缺席的員工。當天有公務員參與罷工上街，並在傳媒面前除下口罩以示無懼打壓，結果遭政府秋後算

9　三罷：罷工、罷課、罷市。

10　盧安達大屠殺：一九九四年四月，兩位胡圖族總統乘坐的專機被不明份子擊落。胡圖族的政府軍認為是圖西族所為，因而展開對圖西族的報復，透過官方宣傳以及私人電台方式蔑稱圖西族人是蟑螂，呼籲民眾要把蟑螂找出來殺死。結果短短一百日間，接近一百萬人被屠殺，當中大部分都是胡圖族人。盧安達大屠殺亦被認為是「去人化」的戰爭罪行之一，與納粹德國誣稱猶太人是寄生蟲一樣。

帳解僱。《基本法》第二十七條保障香港人享有參加罷工的權利和自由，卻由政府帶頭懲處參與罷工的公務員，為另類的「白色恐怖」開了先例。

正是在這種氣氛下，很多市民想參與罷工，卻不敢罷工，於是當日早上便有反修例以來最大規模的港鐵不合作運動。示威者在上班時間堵塞港鐵造成八條鐵路線服務受阻，為同路人提供一個因交通擠塞而「被迫罷工」的藉口。

亦有巴士司機和機場職員參與罷工，地面交通嚴重擠塞，連航空交通亦受到影響，全日超過一百班航機取消。

罷工不只是不上班，還有遍地開花的「七區集會」。屯門、荃灣、大埔、沙田、旺角、黃大仙、金鐘均有大批市民聚集重申五大訴求。

中午，市民自發到天水圍警署聲援昨夜一名被警方拘留的少女，齊上齊落，不離不棄，眾人包圍警署很快就與佈防警員展開對罵。由於昨夜該名少女被捕期間懷疑遭警察故意掀開裙子露出內褲拖行公眾羞辱，又罵少女是婊子、妓女；今天市民則包圍警署反罵警察是強姦犯、黑警，引來防暴警察以催淚彈驅散，為八月五日的三罷運動打響「頭砲」。

天水圍施放催淚彈的消息通過網路瞬間傳遍香港，加上參與罷工集會的人越來越多，擠滿集會地點，集會人士開始走出馬路。旺角示威者佔據洗衣街一帶、金鐘示威者衝出夏愨道堵住東西行線、黃大仙示威者佔領龍翔道全線、荃灣示威者堵塞楊屋道包圍警車、大埔示威者走上太和路朝大埔警署出發、屯門示威者於屯門公路入口設置路障堵塞路口、沙田示威者由於人數太多擴大佔領範圍並包圍沙田警署。

七區集會演變成八區堵路，並輻射分散全港以野貓式突擊包圍港九新界十多個警署，又在警署外圍燃燒雜物阻礙警察增援。對峙氣氛猶如戰事一觸即發，警方以強硬手段應對，在建築物內發射橡膠子彈、或不作警告直接以催淚彈驅散示威者，包括有記者拍攝到警隊疑似從樓高過百米的政府總部天台對地面示威者擲下兩枚催淚彈，又有警員邊跑邊向示威者開槍，以水平射擊的方式直接對示威者發射催淚彈，當中有記者被催淚彈擊中頭部送院治理。

警民衝突升溫的同時，各區亦有持相反政見的市民與示威者爆發衝突，有人帶鐵鍾與示威者爭執，亦有人拿斧頭衝向示威者。到了晚上，北角有大批福建人手持棍棒集結，令人聯想起七二一元朗白衣人恐襲，勇武示威者聞風而至與「福建幫」在街頭械鬥，最終「福建幫」因寡不敵眾而撤退，而示威者則追至懷疑是「福建幫」的建築，並砸爛該處的玻璃窗後離去。

晚上十一點，多名身穿支持警察集會襯衫印有「I❤香港」的藍衣人與白衣人懷疑報復，攜刀到荃灣追斬穿黑衣的市民，部分人被斬至見骨，其後證實雙腿永久失去知覺。全港衝突一直延續至深夜才逐漸平息，但八月五日過後，除了元朗白衣人外，市民對警黑勾結的指控又多了北角福建幫和荃灣藍衣黑幫。面對警察消極應對暴力人士，市民漸覺只能自護自救，亦播下了街頭「私了」[11]的種子。

八月五日以前，整場反修例運動裡，警方共發射約一千枚催淚彈和約三百發低致命性子彈；可是單單在八月五日的一天，警方已經施放超過八百枚催淚彈與接近二百發低致命性子彈，一天所動用的武力幾乎等同前兩個月的總和[12]。

事件共拘捕百餘人，最年輕的僅十三歲。

當夜回家後，我收到兩則手機訊息。

「阿星沒回來，應該被警察拘捕了。」

「昨天在黃大仙區又見到妳，很久沒坐下來聊聊了，妳明天星期二下午四點有空嗎？老地方見。」

---

11 私了：即私下了結，意思是不依靠正常途徑，用自己的方法解決問題，包括私刑。

12 子彈使用統計：八月五日警方發射約八百枚催淚彈、一百四十彈發橡膠子彈、二十發海綿榴彈，創下當時使用武力最高紀錄並維持至十月一日。到十月一日，警方發射約一千四百枚催淚彈、九百發橡膠子彈、二百三十發海綿榴彈、一百九十發布袋鉛彈、六發實彈，單日使用武力數據接近或超過三個月的總和。

9

八月六日，下午四點，我應約來到同區一間茶餐廳，五年前經常和朋友一起來的，尤其放學後經常聚在茶餐廳一起玩手機。五年後裝修翻新了，但隔間和氣氛跟以前差不多；昨天發生全港騷亂，但今天像什麼都沒發生過一樣，茶餐廳在下午茶時段仍舊有不少老顧客光顧。

四人廂座坐著一位舊友，他跟我輕輕招手，我禮貌微笑與他相視而坐。

「趙大哥，很久沒見了，你好。」

趙榛正仰頭閉目，右手食指敲著檯角，說：「雖然這樣說不太對，七月十五日清晨五點我們在摩士公園見過面，七月二十一日夜晚我們在中環的隧道口見過面，然後昨天黃大仙區集會我也見過妳。但無論如何，我也很高興能再與妳坐在一起享用下午茶點。」

我接過餐牌，慚愧說：「我對日期一向都不太擅長，讀歷史經常搞亂年份月份，記日子真的及不上趙大哥呢。這是看偵探小說練習所得的，還是正職的實戰經驗訓練出來的？」

趙榛正嘆息說：「很久沒看小說了，沒時間看。」

「是這樣啊。」總覺得有點惋惜，畢竟趙大哥是我的啓蒙老師。也許他看見我有點不自然，便苦笑問：「會討厭警察嗎？」

我大力搖頭。「怎麼會，就算阿國不在，我還是把你看成我的大哥。」

趙榛正沉默不語，半晌，侍應端上下午茶才顯得沒那麼尷尬。我裝忙不斷用吸管攪拌紅豆冰，趙榛正坐直身體用刀叉切雞翼，這時候茶餐廳的電視剛好播著今早民間記者會[13]的新聞，趙榛正吭聲說：「真佩服現在的學生，很有想像力，誰會想到一群網民竟然能邀請傳媒做直播所謂的民間記者會。」

我好奇問：「民間記者會那些人很多都有親身參與示威，用警方的角度來說至少參與了非法集會，所以只能蒙面發言。你們警方有想過在記者會的現場拘捕那些發言人嗎？」

「那樣的畫面太難看了，尤其你們把記者會弄得有聲有色，又有那麼多支持反送中的傳媒直播，就算不在直播期間抓人，警察埋伏在記者會會場也一定會被傳媒罵黑警什麼的吧。」

「警隊也要顧及形象呢……」

「例行記者會不就是形象工程嗎？讀傳理系的妳應該知道吧。」

「咦？趙大哥你知道我現在唸的學科？」

「自然就會這樣猜。妳以前不是喜歡拿著放大鏡說眞相只有一個之類的嗎？現在當了大學記者，很適合妳。」

「那、那已經是初中的事情了吧……」

「到現在妳也沒變。人們說女大十八變，妳就好像沒怎變過，不只外表，還有性格。」

「我認爲自己算是努力在改變了。」

繼續喝著紅豆冰，此時有位女中學生推開店門，站在茶餐門口，拿著一張票劵像是不知所措。像是老闆娘的收銀員看見她，便和藹笑道：「先到裡面坐吧。」

女學生不安說：「請問這張飯劵可以使用嗎？」

「可以啊。」老闆娘吩咐侍應：「替這位妹妹點個下午茶全餐。」

女學生便向老闆娘彎腰道謝。我自言自語說：「這情況在前線學生裡好像挺常見的。」

13 民間記者會：八月五日後政府宣布將會每天召開記者會。由於警方例行記者會主要集中譴責暴徒暴行，示威者認為內容偏頗不公，於是在連登討論區號召組織民間記者會，以抗衡警方例行記者會。

趙榛正別了臉望著電視機，電視正播放體育新聞，是美國職業足球大聯盟的東岸賽事，華盛頓特區聯對費城聯。畢竟歐洲聯賽還在放暑假，這時候大概就只有美職聯和一些國際賽在進行。電視上黑、白球衣的兩隊球員我幾乎都不認識，唯一認識就是黑色球衣的九號球員，韋恩·魯尼（Wayne Rooney），前英格蘭國家隊隊長，轉會到美職聯正爲華盛頓聯隊效力。

我瞧電視說：「啊，是魯尼。」

但趙榛正不感興趣。我忘記他是利物浦足球隊的支持者，魯尼於艾佛頓出道，又是曼聯名宿，這兩個球隊都是利物浦的死敵，趙大哥應該不太喜歡這球員吧。因此看見白衫隊率先入球，他好像心裡冷笑了一聲。

話說只是開賽三分鐘就進球了，費城聯的球員相擁慶祝；突然他們的隊長跑到球場角落，拾起廣播用的麥克風大喊：「國會馬上做點什麼吧！我們要制止槍械暴力！」

事緣昨天和前天在美國都發生槍擊案，合共造成三十二人死亡，四十人受傷。

我說：「雖然社會一直呼籲不要把政治帶進體育，但爲了公義發聲的『美國隊長』還是很酷呢。」

「爲公義發言是很好，但若然擾亂到社會就本末倒置。」

上半場四十分鐘，黑衫守衛因在禁區內侵犯對方球員，直接紅牌被驅逐出場。

趙棒正繼續說：「任何球賽都不會接受暴力，任何球迷都會對暴力反感，這下黑衫隊自討苦吃反而被罰十二碼要輸得一無所有。」

我駁道：「暴力當然是不好，我們也不喜歡暴力，亦很同意如果球員攻擊球證（裁判）就應該被罰離場。可是混亂中連球證都在毆打球員的時候，球隊教練向助理球證投訴卻不被接納會令人很生氣啊。球員使用暴力跟球證使用暴力，兩者的分別在場所有球迷都看在眼裡，唯獨第二、第三、第四旁證全部無視主隊球迷的憤怒，所以才演化成球迷騷亂。」

「球證的作用就是要控制球場秩序，必要時需採取必要手段遏止暴力，就算球證犯了錯也必須等球賽完結，恢復一切平靜後才能裁決。那時候犯錯的球證就會得到應有的處分，這就是遊戲的規則。」

「如果魯尼有先天性心臟病，這是他退役前最後一場賽事呢？事後才檢視的公義可能已經太晚了，更何況國際足協屢次傳出貪污醜聞，還有公信力嗎？」

「但妳要反思，若然球員不聽從球證執法，不服從聯盟判決，整個聯賽也會崩潰。現在唯一能夠拯救聯盟制止混亂的就只有執法人員。」

球證吹響完場哨子，球賽結束，雙方球員互相握手，很和平地完結了比賽，當然沒什麼騷亂場面。

趙榛正說：「不好意思，好像越扯越遠了。」

「對不起，我才是胡扯。有心臟病的其實是三杉淳，他現在效力FC東京。」

又是一輪沉寂，見趙榛正閉目沉思，喃喃說著：「五年前的社會氣氛與今天很相似。」

二〇一四年的夏天，雨傘革命，佔領金鐘、銅鑼灣、旺角。當時我剛升中五，阿國和進賢哥他們就升中六，他們中學最後一年就是從雨傘革命開始的。

雨傘革命改變了很多人、很多想法。雖然最後沒有成功爭取雙普選，但雨傘革命的佔領區被清場後，即所謂「傘後組織」如雨後春筍紛紛成立，大家嘗試放棄街頭抗爭轉爲到議會內抗爭，以年輕一輩爲主挑戰議會選舉。諷刺的是，五年走來，香港人面臨的是一波又一波的清算，雨傘革命的領袖一個一個被重判入獄；就算有其他年輕人透過選舉進入議會，政府以用不同理由取消了他們議員資格。議會抗爭被迫重回街頭，衍生一場比起五年前更大規模的街頭抗爭，彷彿走了五年的冤枉路。

雨傘革命與反送中的流水革命，兩者除了同樣爭取雙普選，還有另一個共通點——警暴。

旺角佔領區有黑幫協助清場被批評是警黑勾結，學警在網上上傳黃絲帶的照片便遭辭退被批評是白色恐怖，放任反佔中人士搗亂只拘捕示威學生被批評是選擇性執法，七名警察強行帶走示威者到一角圍毆被批評是濫暴。反送中關於警察的批評，其實雨傘革命一樣有，只不過程度變得更嚴重罷了。

「那時候警察的聲望也很低呢。」趙榛正說：「警察的確有些地方做得不好，例如那七名警察毆打示威者，但他們最終也被定罪了，事情本應就告一段落吧。」

我駁道：「可是建制組織後來籌募了過千萬給那七名罪犯啊，當中還有黑社會捐錢給犯罪的警察，這不是很可笑嗎？我都不知道原來他們是好朋友。」

「始終那七個人犯了法，接受了法律的制裁，後續的捐款都與犯法無關。而且他們家屬是無辜的，他們頓時失去經濟支柱，純粹出於人道援助也不過分。」

「對不起……」我稍爲冷靜下來，想起四年前可能我也在阿國面前這樣說過，卻沒有注意他當時的感覺。趙家是警察世家，阿國父親是皇家警察儀仗隊，他大哥更是現役警官，阿國支持他的家人也是理所當然。

「那孩子最後的一年十分寂寞。」趙榛正說：「雨傘運動後所有人都在說警察的壞話，說他哥的壞話，就連原本的好朋友都開始遠離他。其實他只是個喜歡讀書，不想理會其他東西的，很單純的孩子而已。我一直在想，爲什麼這個社會容不下這樣一個單純的人，使他萌生自殺的念頭。」

趙念國，二〇一五年七月九日，中學文憑試放榜前夕，他的遺體被發現倒躺在公寓大廈平台，證實墮樓身亡。他自殺了。

「趙大哥你是不是……」

但趙榛正用香煙包「啪」聲敲打桌子，搶道：「柴進賢曾是我弟弟的朋友，也是妳的朋友。我知道刑事部的調查進展順利，部分證物已經交還給柴進賢的父母，很快就會水落石出。」

「進賢哥的父母返回香港了？」

「嗯，還收到了他們從北京買來的伴手禮，很土氣的那些東西。」趙榛正續道：「我不打算勸說妳相信警察。尤其案發當日妳搶著採訪那名第一發現者，看妳當時的表情肯定不甘心坐著什麼都不做，打算要獨自調查吧。一個女孩子妳不怕危險嗎？」

我苦笑回答：「不是一個人啦，還有個有點木訥的男生陪我，意外地他是王良摩的朋友。」

趙榛正面色一沉，問：「妳連王良摩的名字都知道，看來已經無法阻止妳調查下去。那就跟死者父母聊聊吧，我想說的就是這些，再見。」趙榛正放下一百元的鈔票，無奈地自言自語：「雖然下次見面不知會是什麼場合。」

10

八月七日的下午，我又來到黃大仙下邨的公園，但今天多了一人陪我前來。

「我想朱建哥你也有興趣跟世伯和伯母聊聊，只是注重一下禮貌就好。尤其柴世伯他是國文教師，思想十分傳統的。」

「妳把我想成什麼了。我只是沒表情，不代表沒禮貌。」

跟大堂保安交待後，升降機升至十五樓，路過走廊停在柴家門前按鈴，終於見到柴父柴母。

我的記性還算不錯，認得眼前四十出頭的中年漢，柴父問：「你們就是賢仔的同學？」

「我是進賢哥的舊同學，以前我有見過世伯喔，就是打電話給世伯的佩心。在我旁邊的是朱建玄，他是進賢哥的大學同學。」

事前我跟朱建玄商量過，總不能說他是在進賢哥死前那晚見過面的陌生人惹他們生疑，便訛稱說是大學同學。朱建玄也沒有異議，也沒有笑容的跟柴父點頭打招呼。

「原來是大學同學。」柴父問：「你也有去遊行嗎？」朱建玄搖頭否認，柴父追問：「有工作？」

朱建玄答：「現在社會很亂，很多公司暫時停止招聘新人了。」

「都是那些學生闖出來的禍。如果沒有暴動，我那個忤逆子本應畢業後就找到份工作，安安定定，月入三、四萬生活無憂才是。」柴父打開鐵閘，說：「你們進來坐吧。」

跨過門檻，公共屋邨的單位不算大，一進玄關就直接看見柴母坐在客廳的沙發上看電視。

話說昨晚我打電話給柴家時也擔心他們不願意見我，畢竟我只是他們兒子在五年前的朋友。不過電話裡他們稍有疑惑，卻像另有所求，很爽快就答應了今天的見面。

「這是我們兩位的心意，請世伯伯母節哀順變。」

「沒什麼好傷感，就當生少一個。中國人最注重五倫，君臣、父子、朋友，那逆子一件都做不好，丟盡柴家的臉。」

至於柴母則比較隨和。她收下我們準備的東西，直截了當地說：「賢仔的死跟什麼反送中無關。今天讓你們上來就是希望你們不要有什麼臆測，或者到外面造謠。所以你們有什麼問題就問吧。」

「那個……警方對進賢哥的事件有什麼說法？」

「賢仔他當晚在街外流連，又喝醉了酒，凌晨有人聽到公園有吵鬧聲，警方相信賢仔與陌生人發生爭執然後被殺。」

「進賢哥有喝酒習慣嗎？」

柴母搖頭答：「肯定是上街學壞了吧。」

「可是他身上還搜出一包大麻花喔……」

柴父生氣罵道：「就被港毒政棍利用了！你們有看新聞嗎？上星期警察在火炭的工業大廈搜到火藥和大麻精油，還拘捕了什麼香港民族黨的人！他們用大麻精油浸口罩分發給學生，讓學生每次出來示威越出越亢奮，還染上毒癮被迫服從政棍的指揮去遊行！他們都忘記香港就是因爲鴉片戰爭而被迫割讓給英國鬼子！」

撇除一些個人意見，至少他們都沒見過進賢哥有酗酒和吸毒。我想了想，毒品的源頭或者很難追蹤，但當晚進賢哥一定喝了很多啤酒才喝醉吧，他又無法回家，總要找地方買啤酒。

柴母聽見我的疑問後回答：「警方翻查當晚閉路電視，發現有人在附近便利店購買了一打啤酒，只不過那個人全身黑服又戴口罩，無法識別身分，但跟賢仔的服飾吻合。」

「那麼附近閉路電視有拍攝到什麼可疑的人嗎？特別是在凌晨的時候……」

「有。」柴母說：「警察好像已經在申請什麼程序，很快就會拘捕殺死賢仔的兇手，事情就告一段落了。你們回到學校記得要告訴你們的同學，別再利用賢仔的死製造話題了，我只想盡快完結這件事。」

柴父柴母都矢口否認進賢哥的死跟近日運動和警察無關，不知朱建玄怎麼看？

我望向他，他則對柴母說：「應該是警方已經做完搜證工作，所以把柴同學的個人物品歸還給你們。」柴母點頭，朱建玄追問：「也交還了柴同學的手機？」

「是的。」

「請問可以借來看一看嗎？」

柴母有點猶疑，但朱建玄搶著說：「很快的，我只是想取回他手機裡我們的合照作紀念。」

柴父不耐煩道：「就拿手機出來快點打發他們走吧。」

於是柴母轉身翻找抽屜，找到一個保鮮袋，裡面裝著手機、錢包等。

「咦？這個是……」我看見伯母取出手機時掉了一張名片在地上，我撿起名片，上面寫的地址十分面熟。

柴母說：「什麼自修工作間的卡片，要是賢仔安分讀書就好了。」然後把手機交給朱建玄，說解鎖密碼是０００，看來警察不知用什麼手法重設了密碼。

我湊近朱建玄看手機畫面，開機後正常連線手機網路，ＳＩＭ卡原封不動在手機內。然後只見朱建玄熟練地打開相冊，快速點下選單，手機畫面像幻燈片般飛逝，坦白說我也看不懂他在弄什麼。

「ＯＫ了，感謝。」

朱建玄交還手機，柴父大聲問：「還有什麼問題嗎？」

「我沒有，佩心妳有嗎？」

「欸？應該沒有。」

「那就不送了。」柴父已經打開大門站在一旁，朱建玄就拋下我先離開。

我追出走廊問他：「喂，朱建玄，走那麼急要幹嗎？」

「看見他們就想起我家兩老，不想應酬。」朱建玄又反問：「而且妳不想早點知道柴進賢的手機裡面有些什麼？」

11

回到自修空間，朱建玄一邊用刀叉在法式吐司上塗奶油，一邊盯著筆記電腦的螢幕，問：「話說死者在大學修讀什麼學科的？」

「環球商業。」

「那的確很厲害，難怪他父親說畢竟入職就能月入三、四萬。他是位高材生。」

我隨手拿起椅墊丟他說：「所以你在做什麼啦，自修室不准飲食啊！」

「食欲眞會使人暴力，但妳剛才順道一起買來吃不就好？還是怕會胖嗎？」

「當心老娘宰了你。」

朱建玄氣定神閒說：「不過想起我在大學修讀資訊工程，回流香港卻好像沒什麼出路，人工也不高，眞不敢想像香港政府口口聲聲要發展創新科技。」

「算吧，在香港從事資訊科技的都自嘲做ＩＴ狗，你還是回外國比較吃香。」

「我覺得妳好像我父母那樣囉唆。」朱建玄反轉吐司再塗一遍奶油，然後像遇見殺父仇人般把吐司肢解。

「我不曉得你的父母如何，我只想問為什麼吐司要兩面都塗奶油？」

「只塗單面總會感到混身不自在。妳沒有這樣的經驗？左腳不小心踏到水窪弄濕鞋子，會想把右邊的都一併弄濕？」

「你以爲你是大偵探白羅啊？」我又指他的筆記電腦問：「那螢幕一直閃過很多文字，究竟在做什麼？」

此時電腦發出「叮」聲音效，朱建玄移開筆記電腦給我看，看見好多檔案在視窗內；然後打開其中一個文字檔，裡面都是些超連結。

他解釋：「我兩個月前還在香港一間科技公司工作。那間公司表面上是開發手機應用軟件，其實內裡都暗植了監控程式，而我就是協助開發那類程式的。像妳現在看到的就是死者的手機的網頁瀏覽歷史，用手機看過什麼網站都不再是祕密。」

我有點錯愕，朱建玄則像鄙視一個井底之蛙般盯著我。「妳不是說過二十一世紀手機會定位、會錄音、會紀錄電子交易，到處都留下電子足跡？」

「你是取笑我之前在班門弄斧嗎！」

朱建玄板著臉與我對望……然後嘴角上揚！可惡啊！

「丟坐墊好了，妳拿著酒瓶會出人命的。」

「從沒見過像你這樣討厭的男生。」我深呼吸冷靜過來，發覺還有其他不對勁，問：「你們的監控程式是給誰用的？」

「在香港有什麼人需要大規模監控別人？」

「說起來香港警察的高層每年都要到新疆交流，最近又說什麼會人面辨識的智能街燈，快將實行新疆模式了嗎？」

「不知道，反正全世界的政府大概也會有監控系統，分別只是市民是否相信政府，還有監控的權力由誰來制衡而已。」

「Quis custodiet ipsos custodes？」我故作高級亂說拉丁語，再附上解釋：「監管之人，誰人監管？」

這問題古羅馬人問了二千年也沒有答案。

望著朱建玄聚精會神瀏覽電腦資料，我好奇問他：「爲什麼你後來沒有在那公司工作？」

「被解僱了。我想是因爲我之前不小心在社交平台分享了唱聖詩的影片，被監控程式發現，老闆認爲我不夠忠誠所以請我離開了。」

「聽起來就像商鞅作法自斃，但唱聖詩跟忠誠有什麼關係？」

「六月那時不是很流行對警察唱《***Sing Hallelujah to the Lord***》嗎？老闆大概以爲我是支持反送中吧。」

我才好像恢復記憶一樣。「好像的確有段時間，基督徒通宵對警察唱聖詩希望能

『淨化』他們耶！那時候氣氛還算和諧，到底什麼時候變成現在這樣劍拔弩張的呢？」

朱建玄答：「後來不是有牧師嘗試勸喻警察冷靜，警察反而挑釁回應『叫你耶穌下來見我』嗎？那時候就連牧師亦忍受不了警察，以後就不和諧了。」

「你還記得頗清楚的。」

「恩怨分明，記仇是基本……咦？」朱建玄忽然把頭移近電腦螢幕，喃喃自語：「這、這很不妙啊。」

我好奇走了過去，看見筆記電腦正顯示一行又一行差不多的字句。

6415xxxx：收手吧，柴進賢——13Jun19, 4:00am

……

6818xxxx：柴進賢，我知道你闖入立法會，這是最後通牒——2Jul19, 4:00am

……

6141xxxx：柴進賢，我知道你闖入立法會，這是最後通牒——14Jul19, 4:00am

由六月十三日至七月十四日，中間共三十二天，每天的凌晨四點整都有人發恐嚇短訊給柴進賢，直至柴進賢遇害才沒有再發短訊。每天短訊均來自不同的電話號碼，短訊內容自七月二日起明顯語氣變得更具侵略性。

朱建玄說：「這段期間一直有人恐嚇柴進賢，他不像是被陌生人殺死，反而更像有人找他尋仇。」

我猛然想起重遇進賢哥的時候，他就懷疑有人偷拍自己，原來那時候他每天都收到恐嚇訊息。「可是他父母卻隻字不提，大奇怪了！」

朱建玄答：「不過他們沒有撒謊，如果我的『能力』是正確的話。」

「即是連進賢哥的父母亦不知情……」

謎團變得更撲朔迷離，看起來是有人存心要殺死柴進賢。很難想像他在死前的一個月是抱著怎樣的心情上街抗爭，而我們見面時我卻完全沒有察覺，就像四年前我沒有察覺阿國已經越走越遠。

12

一般情況警方只能拘留被捕人最多四十八小時，因此在星期三的晚上，寄宿自修工作間的阿星終於獲釋，卻沒有獲得自由。據說警方以他曾離家出走為由，認為他的家庭背景不適合照顧，因此向法庭申請保護令，期間阿星需要暫住兒童院，變相限制了他的生活自由。

朱建玄的自修工作間有五間私人休息室，原本入住的阿星和另一位學生都離開了自修室，但又有兩名男生求助入住，入住率比起現在的旅館還要高，只是背後原因並非什麼值得高興的事。

接著幾天的調查也沒有進展。現時只知道柴進賢死前最後接觸的有可能是戴象頭盔的神祕人；柴進賢的最後一個月不斷受恐嚇信息騷擾；他的遺體內血液的酒精濃度頗高，身上又有大麻花，但沒有人見過他生前有酗酒和吸毒的習慣。那麼第一發現人王良摩在接受訪問時撒謊會跟那些東西有關係嗎？

原本想追蹤象頭盔的神祕人的下落，但自從七月二十一日之後他好像就沒再出現在示威現場了。網上關於他的討論亦漸漸冷卻下來，像雷雨般的出現，然後霧水般消失。

自從踏入八月，香港習以為常地每天都有小衝突，假日就爆發大規模的示威者與警察與黑社會的火拼。八月十一日中午，示威者在九龍與港島區遊行集會堅持五大訴求，多區警隊嚴陣以待，同時大批從內地來的福建人穿上寫有閩南語髒話的紅色襯衫集結在港島區的一間酒樓內。民、警、黑的三國大戰箭在弦上。

首先發動攻勢的是九龍遊行的示威者，部分示威者包圍警署，警署隨即發射催淚彈驅散群眾，打響頭砲，港九兩區示威者四散前往各區「快閃式」堵路反擊，入夜後對峙更為激烈；示威者罵警察是黑社會，警察回罵示威者是蟑螂，吵得差點聽不到電話鈴聲。

「——佩心姐妳現在在哪？」

是大學同學A君打來的電話，語氣十分緊張。我回答他我在灣仔拍攝港島區的衝突，A君說：「有急救員在尖沙咀被警察射爆眼了，是剛剛傍晚七點鐘的新聞！雖然妳不在那邊也要千萬小心，今晚的警察給人感覺很不尋常。」

就在前日警隊出現人事變動，出名作風強硬的前任副署長回巢坐鎮，讓人有不安的預感。

我正身處灣仔警察總部外的四線雙程大馬路，較早前煙霧迷漫，鎮暴警察一邊施放催淚彈一邊推進，又用速龍小隊突襲拘捕節節敗退的示威者；這邊廂警隊士氣高昂，那邊廂只有少數的示威者在馬路架設路障垂死掙扎。

雙方在軒尼詩道相隔數十米對峙，此時已經夜幕低垂，警方的雷射電筒與示威者的雷射筆隔空閃爍，猶如無聲的槍火械鬥。即使沒有火藥，但肯定雙方都恨不得能夠用強光殺死對方，就是如此劍拔弩張。

突然眼前一片空白，白光照來，一名蒙面的防暴警察大聲質問：「妳是不是記者，哪個傳媒的？」

我答：「浸大編委。」

對方卻罵道：「即是沒有註冊的，妳這個假記者快滾！」

「香港是有新聞自由和採訪自由的！你憑什麼叫我離開？」

我們的對罵引來其他防暴警察和傳媒包圍，蒙面警察拿出警棍對現場記者厲聲教訓：「你們如果是公正報導，就不應該只拍攝警察工作。我們警察維持治安，暴徒才是破壞治安的；看看這個人有書不唸來扮記者，好好拍下她的臉，拍下她做過什麼！」

「我做過什麼就是採訪而已——」

我激動踏前一步，馬上被防暴盾推撞倒地。傳媒和圍觀市民起哄，其他防暴警則帶走蒙面警察，喝令其他人退後：「這裡是警察的封鎖線，請記者朋友不要阻礙警察工作。」

「妳沒事嗎？」一位記者行家扶起了我。他聽見我說背脊還是有點疼痛，便告訴我灣仔地鐵站那邊有急救站可以休息一會。

無何奈何我也只能接受他的建議，畢竟今晚氣氛不對，要更加謹慎比較好。於是我稍作休息後，來到球場空地重整裝備。

我從背包取出便攜三腳架，把手機安裝在腳架上測試拍攝，心想至少要全程錄影採訪，不然被警察打死也死無對證。還有流動充電器，充電器應該也在背包裡才對……啊，找到了，充電線也在。

手忙腳亂了一會，聽見球場外傳來砰砰槍聲，縱然知道只是催淚彈槍還是心驚膽顫，總擔心警察會突然用橡膠子彈鎮壓示威。

「但這也不妙，要換上防毒面具……咦？」

球場鐵絲網前面的公眾更衣室，有個高瘦的男生身影在球場射燈下橫過，頭上安全帽反射黃光，他拍打安全帽的右側，指縫中看見一枚卡通貼紙——卡通象貼紙！象頭盔的神祕人！

心跳越來越急，明明今晚都沒看過象頭盔，不久前在灣仔一帶亦見不到他，怎麼突然出現？莫非他是剛剛換上裝備和衣服的？對！之前球場也沒見過那身影，他肯定是在更衣室換衫出來，那是超人的電話亭，而更重要的是，我手機剛才測試錄影碰巧一直在拍攝更衣室門口。換句話說，我也許拍攝到那象頭盔的神祕人在走進更衣室變身前的眞身！

但既然他的眞人就在眼前，不如把握機會跟蹤他看看吧。我連忙收拾背包拿起腳架和手機追上那身影，他離開球場就急步走出馬路，消失在留守馬路的示威群眾內。同時馬路對面的警察長陣舉起四枝長槍，直指球場對外的這邊發射——濃密的催淚煙霧，示威者又再四處逃竄，象頭盔名副其實地煙沒在鬧市當中。

不對，即使其他示威者逃走，那個人肯定不會輕易放棄，他可是曾經帶著五十個人挑釁警察並且全身而退的神祕人。看地圖的話，他打游擊戰的下一個地點就是順著撤退的下流方向、銅鑼灣方向。

我隨即跑往銅鑼灣。在灣仔被警方切斷通路後，此刻港島區的示威者分爲東西兩個大隊，而東區示威者就是聚集在銅鑼灣，人數幾千甚至上萬人，大家拿雜物鐵枝整齊地敲擊馬路欄杆，猶如戰鼓雷動。他們佔據馬路所有行車線，架設路障，或燃燒雜物用作火牆，在夜黑中儼如營火會，氣氛縱使緊張但這裡同伴眾多，互相依靠總算比較心安——我原本是這樣認爲的。

忽然路上十幾個黑衣人互相對罵，更大打出手！幾個黑衣人拿出伸縮警棍毆打旁邊的黑衣人，打到那人捲成一團然後制伏。亦有人被持警棍的蒙面人壓在地上，用手按著黑衣人的後腦，大力把他的臉在地上磨擦，地上一灘血跡。

「對不起！你已經抓到我，我求你放過我，我的牙已經斷了！」

那個人不是唯一一個被蒙面人襲擊的，但只有少數哭著求饒，有些懷疑已經失去知覺連求饒的話也說不出來。我看見蒙面人用膝蓋壓著黑衣人的後頸椎，黑衣人面色發紫，快要窒息似的——

丟下了錄影的手機，雙腳不由自主地衝了出去，我想救那孩子……但棍影已在右眼飛來！我下意識舉手抵擋，右手頓時失去感覺，下一秒我就被蒙面人制伏了。

「想搶罪犯？還用手機偷拍？」

另一蒙面人回頭走近我丟下的手機和三腳架。他蹲了下來，對著依然安裝在三腳架上的手機用警棍狂打，螢幕碎片濺射四周，連接腳架的位置扭曲變形，打得心滿意足才把手機踢過來。

「這垃圾是妳的吧？」

我痛罵：「你們扮黑衣人打黑衣人，你們還有良知——」

迎面突然噴來灼燙水劑，嗆得透不過氣來，一直猛咳，只聽見周圍黑影謾罵：「別跟我說良知，你們也是收了錢出來搗亂的吧？不對，聽說『抗爭天使』是不收錢，免費給暴徒提供性服務的。那些學生毛都沒長齊有什麼好玩，我帶妳回警署試試警棍那樣粗的滋味，保證妳爽得要死！」

已經是砧板上的肉，同時頭頂有火花掠過，隨即震耳欲聾的巨響——耳膜痛得像針刺一樣，蒙面人亦嚇得跳了起來舉警棍察看四周，看到示威群眾中間有熊熊火光，且拋物線飛來，擲在距離我兩米外的旁邊！

剛才應該是有人丟爆竹，接著是汽油彈，我趁機爬起，撿回手機拔腿逃跑，不知何時變得像個逃犯一般。但剛才沒看錯的話，投擲汽油彈的正是戴著象頭盔的人，是他救了我，這是巧合還是命運？

群情洶湧，不論是有懷疑有警察臥底制伏示威者，抑或是爆竹汽油彈橫飛都爲局勢火上加油。有人看見現場只是十個蒙面臥底，示威者便蜂湧上前圍毆他們；但蒙面人突然拔槍指向示威者，又有藍光閃過街道兩旁，示威者看見警隊衝鋒車前來增援便四散逃去，我亦是拼命走著，只知跑得越遠越好。

「——妳眞的在這裡，而且發生什麼事了？」

忽然意料之外的人擋在我面前。我說：「朱建哥？怎麼你在這兒出現？」

「我看新聞直播看到妳跟警察有爭執和推撞……好像推撞得比想像中嚴重，妳手臂膝蓋都流血了。還有妳手上的手機已經用不了吧？」

「沒時間解釋了，你有車能載我回去旺角休息嗎？」

「妳不用去醫院？」朱玄建大力捉住我的右手說：「妳看看妳傷成這樣，妳不痛看得我也痛。」

「嗚……」我哭道：「你這混蛋……我最傷就是右手，就算沒斷都被你掐斷了……」

「抱歉。」他還是沒什麼表情地說：「總之我先送妳去醫院吧，妳右手真的斷了就不能耽誤。」

雖然醫院沒有想像中的安全。

13

「我的朋友右手受了傷，手腕好像沒有感覺，想找醫生檢查一下。」

朱建玄帶我來到醫院急診室登記，登記護士問：「是怎樣弄傷的？什麼時候？什麼地方？」

「她走樓梯不慎跌倒，落地時壓住右手手臂，就像被人重擊那樣。」

「我明白了。」

櫃台護士遞表格與原子筆給朱建玄，指示我們填上個人資料登記排隊。因爲我右手無法書寫，全程只能靠朱建玄辦妥手續。我東張西望，急診室人來人往，大家表情都很嚴肅，等候大堂的電視機正在直播街上動亂像是把警民衝突的氣氛帶到醫院裡。

不時亦有駐院警察巡邏，不對，醫院站崗的警察有這麼多嗎？其中有名警員與當值護士竊竊私語，其他警員凝神掃視急診室內的病人，最後視線停在一個雙目無神又戴著口罩的黑衣少年身上。

「——嗚啊！」

朱建玄忽然大力抓住我的手說：「去外面散步。」

「散步是可以，但其實你是故意捉住我的右手對吧？」

「抱歉。」朱建玄換成捉住我的左手把我帶到醫院外面的空地。不知爲何，我好像變成逃犯一樣要避開醫院裡面的警察。雖然他這樣做也並非不能理解。若然我們不是來醫院前在車上換了白色上衣，可能已經被警察當場逮捕。這樣朱建玄在車裡早有準備替換衣物看來也是很有經驗。

當然穿黑衣不一定等於參與示威，但若然警察在醫院發現有人疑似被橡膠子彈打傷的，或者是吸入過量催淚氣體感到不適的病人，十之八九就是因爲參與了暴動才求醫，即是至少犯了「非法集結」，甚至是「暴動罪」的嫌疑犯，警察便會有所行動。

醫院已經擋不住警察的介入，更嚴重的情況會有持槍的防暴警察進駐醫院，有懷孕婦女懷疑曾參與非法集結的話警察甚至會跟進產房，已經不是在說笑，在病人變成逃犯的時候診所也變成了戰地醫院。

不過每逢大規模警民衝突，除了示威者送院，有時候也會有支持警察的平民送院。他們大多是前往示威現場與示威者對罵，然後打起來，最終被示威者以武力制伏，因而支持政府而受傷的人也不少。

「好像只是肌肉受傷，沒有傷到筋骨，休息幾天就會自然恢復。」

醫生檢查後，我和朱建玄回到醫院大堂等候配藥。朱建玄說：「我就猜到妳沒大礙，雖然妳說自己的手好像不是自己的，但每次捉住妳的右手妳也不是呱呱大叫的。」

「你這個『暴徒』，果然你是故意掐住我的右手吧！」

縱使醫院的掛牆鐘顯示已經過了午夜十二點，但街上騷亂未曾平息。這時候旁邊傳來一位六旬老翁大吵大鬧，聽說是位夜班的士（計程車）司機，接載乘客到醫院時與乘客起爭執，然後就發狂說要斬死街上暴徒之類的，一直吵到來急診室。雖說老人只是吵鬧沒有武器，卻連護士也不敢靠近他，只有我上前跟他搭話。

「我明白你的感受，那些暴徒口中支持自由，但你不同意他們的話他們就會打你，我手臂的傷也是被暴徒打的。」我展示右手傷痕，又苦口婆心對老翁說：「不過斬人會被警察捉，還是不要加重警察的負擔比較好。」

「年輕人，妳說得好，我同意妳。」老翁稍爲冷靜下來，坐在牆邊的位子，嘆道：「年輕人我告訴妳，香港不能獨立，搞港獨是沒有可能成功的，只會像那個港獨份子在廁所被人殺死。」

「咦，請問伯伯怎樣稱呼？」

「別人都叫我做江伯。」

「江伯伯，你剛才說的是上個月在黃大仙附近公園發生的案件嗎？爲什麼突然提起那件事的？」

「那個人就是港獨的下場。我們很多人都討厭這些人，想殺死他，不信的話我給妳看看。」

似曾相識的畫面，江伯拿出手機，滑了幾下，屏幕顯示的是一個反暴徒的群組。群組內很多都是說要殺死那些暴徒，當中我更看見柴進賢的名字，不其然心寒起來。

「老子我以前都不知斬過幾多人，換作十年前我早就砍死他了。」江伯忽然炫耀自己砍人和坐牢的往事，聽得我有點不知所措。

「年輕人妳不用害怕江伯啊。現在我只是個連跑也跑不動的老人家，就抱怨一下而已。」

「呃……總之和氣生財，不要再打打殺殺了，坐在家中玩手機休休閒閒也不錯啊。」

我看了一下江伯的手機，說：「江伯伯，你的手機最近上網是不是有點卡？」

「好像是，妳怎樣知道的？」

「嘻嘻，我叫我朋友來幫你。」我揚手叫朱建哥來，叫他幫忙弄一下江伯的手機，然後微笑的把手機還給他，說：「現在是不是上網比較快了？」

「眞的耶，年輕人妳眞是善良。」

「因爲好人一生平安嘛。我先走了，江伯伯要小心身體。」

我拖著朱建玄離開醫院，問：「事情辦好了？」

「妳的語氣眞像壞人。」朱建玄說：「已經在江伯手機安裝了程式，等會回家就能查看他手機的內容。可是妳眞的認爲江伯會有跟案件相關的線索嗎？」

「他突然提起進賢哥絕對不是巧合。」我又把先前被警察砸壞的手機交給他，問：「你有辦法取出手機裡面的資料嗎？裡面很可能有象頭盔的眞正身分喔。」

14

八月十一日的遊行發生了兩件事，第一件事就是當晚有急救人員懷疑被警察打爆右眼眼球，翌日近萬名市民湧入香港國際機場參與要求「警察還眼」集會，導致機場交通幾乎癱瘓，大量航班取消，更一度傳出關閉機場的傳聞，成爲國際頭條。

另一件事，當日警方拘捕約二百人當中，逾五十人被送往位於中港邊境的新屋嶺扣留中心。

由於位置偏遠，昔日新屋嶺扣留中心主要是用作扣留及遣返從中國大陸來的偷渡客，直至現在偷渡人數大減已經甚少運作，逐漸從歷史舞台消失。然而，八月十一日的被捕人士有接近四分之一都被送往新屋嶺，被捕人士仿若與世隔絕；那是個連手機訊號都可能無法接收的地方，駕車駛過迂迴陰森的山路才能抵達，更何況被捕的時候已經是夜深。據被捕人士說，他們被關進一個密封的地方，暗無天日，日夜如一。牆上有個掛鐘，大家都知道只要捱過最長拘留的四十八小時就能獲得保釋，不過掛鐘是壞的，只不過是掛在牆上的一個假希望，期間被捕人士無法接觸家人、律師。

五十四個新屋嶺被拘留的人，最後有超過一半需要送院治理，當中有骨折重傷，有人整隻手折斷，有人腦出血。在沒有閉路電視與文件紀錄的新屋嶺扣留中心，酷刑、性暴、輪姦、雞姦的傳聞不絕於耳，但看起來永遠都沒有證據，亦沒有獨立調查，也許注定是流水革命其中一件羅生門的事件。

正因爲市民已經對警察完全失去信心，所以我們想要自己調查眞相。八月十一日我拜託了朱建玄做兩件事。第一件事，很可惜，手機裡面連記憶卡都被打到變形用不了，他說無法復原手機資料。第二件事，江伯的手機有個重大發現，就在他們那個「反暴徒」的百人參與的聊天群裡。

二〇一九年七月七日的聊天歷史：

譚瑋（6582xxxx）：黑衣蟑螂又在旺角搗亂了。

張綺華（6511xxxx）：他們爲何要破壞香港？什麼時候那些蟑螂才會收手！

江國豪（6477xxxx）：好想殺死那些蟑螂清潔香港！

二〇一年九七月十三日的聊天歷史：

陳超（6171xxxx）：那些港獨蟑螂又在上水打大陸人了！中國有什麼不好？現在中國越來越先進，香港越來越落後！

孫國強（6252xxxx）：現在的孩子都是那模樣，太過自由，一定要有人懲罰他們，免得他們破壞我們成年人努力的成果。

張軍洋（6527xxxx）：對，我要親手把犯法的暴徒送去地獄。

李漢球（6818xxxx）：你們知道在黃大仙摩士公園有港獨份子貼了連儂牆嗎？他們把港獨文宣和汽油彈都收在公廁內，準備下次示威襲擊警察。

曾麗英（6693xxxx）：我也收到別人的訊息。暴徒已經起底，是個無腦的大學生，叫做柴進賢。附圖還有他的照片。

已刪除訊息。

已刪除訊息。

已刪除訊息。

之後所有的群組訊息都被刪除了，但還是無法遮掩一個重要的事實：柴進賢的名字在他死前的一天就已經在反暴徒的群組內流傳。

——噠噠噠噠。

是我新買的手機收到訊息在震動，我看了看，訝異大叫：「朱建哥！警方好像找到凶手了，大批警員正包圍疑犯的公寓樓下進行拘捕！」

正如柴世伯和柴伯母所說，警方果然已經掌握到疑凶的線索，跟法庭申請了搜查令正式進行拘捕。傳媒的消息傳得很快，我和朱建玄亦馬上趕往現場，剛好趕上警方押送疑犯上警車的瞬間。但疑犯沒有任何掩飾，甚至沒有戴頭套，光明正大地對圍觀以及採訪的人叫喊：「我殺了人，但我沒做錯！那黑衣蟑螂是該死的！他暴露我的相片和住址貼在牆上，他是暴徒！」

現場記者爭相發問：「請問你跟死者是認識的嗎？為何死者會把你的個人資料貼在牆上？」

「不認識那垃圾！」

「為何你要殺一個不認識的人？有人指使你殺人嗎？」

「沒有人指使，殺死那社會垃圾不用原因！」氣沖沖的疑凶終於被押上警車，之後就算記者包圍兩側車窗亦再問不到其他問題，只能目送警車離開。

「朱建哥……」

朱建玄沒等我發問便答：「看不出他在說謊，應該都是眞話。」

疑凶與死者不認識，又沒有人指使。本以為疑凶與死者完全沒有任何接點，但後來記者行家告訴我，疑凶叫張軍洋，這姓名正好出現在江伯手機內那個反暴徒的聊天群組，並在群組內曾說過「要親手把犯法的暴徒送去地獄」。

根據期後警方提供的資料，疑凶張軍洋，四十五歲，男性，香港出生，有多次犯罪案底。他職業報稱是導遊，主要接待從內地來港旅行的遊客，但已經超過一個月沒上班，最近每晚都在網上跟黃絲帶對罵，有時還罵到凌晨三、四點。他認為是黑衣暴徒搗亂香港令到自己失業，又知道死者在公園公廁張貼關於自己的海報，一時衝動在家拿刀下樓斬死了柴進賢。另外疑凶當時沒有飲酒，亦沒有吸毒習慣，可以肯定是神智清醒之下的殺人。據說疑凶還能夠詳細說他殺害死者時的詳細情景。

之後數天有更多關於凶案的報導，尤其親建制的報章詳細解說警方如何英勇破案，鎖定疑犯。警方翻查案發當日附近一帶幾百小時的閉路電視錄影片段，終於發現可疑人士容貌。縱然案發現場沒有閉路電視無法拍到疑凶接近公園的瞬間，但參考附近錄影幾乎可以推斷疑凶曾在當夜凌晨三點鐘到過公園，而且三點到四點期間沒有拍到其他可疑人物，下一個出現在附近閉路電視鏡頭的已經是第一發現者的王良摩。

另外，死者身旁有一支不屬於死者的手機，該手機沒有ＳＩＭ卡，但有疑凶張軍洋的照片，懷疑是他行凶時遺留下來的手機，這就是疑凶曾經到過案發現場的間接證據。

眾多證據指向疑凶，基本上可以肯定就是張軍洋殺害了柴進賢。那麼事件就這樣結案了嗎？不過是衝動殺人，這是沒有人想看見的悲劇。

可是總覺得哪裡不對勁，這個結果與我的認知有矛盾，我不能接受。

15

「還是不接受警方調查的結果嗎？」

八月十八日，星期日。我跟學生會請了一天的假，和朱建玄一起參加民陣舉辦的流水式集會[14]。爆發流水革命的六月九日至今經過了兩個多月，但遊行人數感覺沒有減退，當日傾盆大雨，卻摩肩接踵，什麼雨傘雨衣都沒有用，大家全身都濕透，仍堅持參與今天的流水集會。

看見雨傘如水流動，聽見聲嘶力竭的口號此起彼落，我和朱建玄就置身人海中間，我回答他說：「警察的調查結果大概是正確的吧。早就說了，以現今的科技力要找出凶手難不倒警察，之後一定會有更多證據。可是我覺得警察找出的凶手不是重點，我們是否忘記了最初的重點呢？」

14　流水式集會：原本民間人權陣線（民陣）向警方申請遊行但不獲批准，只准許民陣在維多利亞公園舉行集會。但事前多項數據指出當天可能會有過百萬人參與，維多利亞公園（維園）根本不可能容納一百萬人，警方受到質疑是故意刁難集會人士。民陣唯有改以流水式集會，呼籲集會人士排隊進場，排隊離場，自行前往中環方向離開，形成「自發式的遊行」。結果民陣宣布當日有超過一百七十萬人參與流水集會。

朱建玄喃喃自語，我追問他：「你應該聽過『攬炒』[15]吧？最初由連登網友提出，當時大家都沒想過這種抗爭方式會變成國際知名，甚至前天還以『攬炒』名義舉行『英美港盟，主權在民』的集會。但有多少人知道『攬炒』最初的意義是什麼？」

我一直都找不到能精準翻譯「攬炒」的詞語。有人說是玉石俱焚、同歸於盡，這都不太對。相反提倡這思想的發起人用《飢餓遊戲》的台詞解釋更爲合適。

If we burn, you burn with us.

攬炒最初的意思是香港人看見政府高官每個都有外國護照，子女全部外國留學，就算留港接受教育的教育局長的子女也沒有選擇本地學校，而是就讀國際學校。看在香港人眼裡，香港政府是最不愛香港的人，所以他們能夠盡情破壞香港，賺夠錢就到外國退休。爲何要讓這些不愛香港的政府高官燒毀香港？是誰最先點火的？

如果我們要被燒死，你也將與我們同歸於盡。香港人從來都不是主動的玉石俱焚，而是被動的攬炒。既然政府官員要破壞香港，我們就要他們留在香港跟我們一起受苦；我們就去信到英國、美國、加拿大、澳洲，要求外國制裁這些剝奪香港人自由的官員，要他們生生世世留在香港。這根本不是懲罰，如果他們眞的用心建設香港的話。

「之後把示威者說成要與香港同歸於盡的恐怖份子是政府的抹黑，我們比任何一位擁有外國護照的政府官員更愛香港，更願意留在香港生活。」我繼續說：「雖然經歷這麼多的事情後，攬炒進化了多重意思，但我們不能忘記初心。」

朱建玄答：「說回案件，最初是我知道第一發現者的王良摩撒了謊，如果只是隨機的仇恨殺人，那確實無法解釋爲何王良摩要說謊。」

我反問：「假如不是隨機殺人呢？進賢哥死前的連續三十二天都收到恐嚇短訊，明顯是有人想他死吧。」

「妳的意思是有另外的人指使疑凶殺死柴進賢？可是張軍洋否認了受人指使。」

「朱建哥你的『能力』只能看穿對方有沒有說謊，並非能分辨說的是否眞實。」

「所以妳認爲張軍洋其實受人指使，至少是受人引導而殺死柴進賢，而且誘導張軍洋殺死柴進賢的人早就對柴進賢產生殺意，可能是發恐嚇短訊的人。」

「而且證據就在那些恐嚇短訊裡。朱建哥你再回想一下那些恐嚇訊息。」

每天凌晨四點發訊，從六月十三日開始警告柴進賢收手，到七月二日更改恐嚇字句發出最後通牒，直至七月十四日柴進賢死前的一天爲止。

朱建玄問：「那些訊息能夠證明發訊人與柴進賢的死有關？」

15 攬炒：粵語的攬解作擁抱，炒是失敗、完蛋的意思。攬炒引申義是知道自己快將完蛋，因此要抱著他人一起「陪葬」。

「不要只看能夠看得見的東西，看什麼消失了更爲關鍵。」我反問：「若然恐嚇訊息沒有停發，下一則訊息應該是什麼時候？」

「七月十五日凌晨四點。」

「那進賢哥是什麼時候遇害的？」

「七月十五日凌晨一點半至三點半。」

「那王良摩是什麼時候發現凶案的？」

「七月十五日凌晨四點半……」

「因此，發短訊的人比起第一發現者更早知道進賢哥已經遇害，他才沒有在凌晨四點發訊息。因爲已經不再需要恐嚇一個死人了。」

朱建玄皺眉駁道：「也可能是其他原因令到那個人沒有發訊息，然後他從新聞知道柴進賢已經遇害，之後亦沒有再發短訊。」

「連續三十二天，每天都換不同的電話號碼，風雨不改選在凌晨四點發恐嚇短訊的人，會碰巧在案發當日沒空，同時進賢哥又剛好在那時間遇害？怎樣想都不可能，我不相信。」

朱建玄沉思一會，又說：「我還是不同意妳的想法。根據警方說法，當夜公園附近一帶的閉路電視只拍攝到疑凶與第一發現者的身影；若然按照妳的推測，那就是一個如鬼魅般的存在，避開所有監控鏡頭，穿梭在公園之間控制了張軍洋殺死柴進賢，如同什麼妖法一樣。這太神奇了吧？」

「眞凶不一定需要在現場出現啊，既然是誘導張軍洋行凶的話。」

「如果眞凶不在公園，他怎知道要殺死的目標當晚流連公園？」

「進賢哥當晚就上網說了自己的事，有上討論區的都會知道。」

「就當妳的假設正確，可是張軍洋說他是看見公廁貼了關於他的海報才會動殺機，即是那眞凶同時要隔空誘導柴進賢和張軍洋到公廁附近才能挑撥仇殺？然後那貼滿個人資料的連儂牆呢？不是消失了嗎？唯一會拆掉連儂牆的大概是眞凶，那眞凶果然曾經在當日到過現場吧？」

「別一次問這麼多問題，朱建哥你都把我搞亂了。」尤其大雨下個不停，沙沙聲、答答聲，打在雨衣雨傘吵得我思緒混亂，總覺得想通什麼，又好像哪裡不合理。

朱建玄總結說：「妳認爲另有眞凶，眞凶早就想殺死柴進賢，因此在七月十五日的晚上利用魔法——姑且叫做魔法——誘導張軍洋殺死柴進賢，而張軍洋卻不自知。但我覺得這魔法太神奇了，正常很難辦到，很難成功，除非妳也想出一個能夠操縱人心、隨心所欲替妳殺人的魔法。」

我盯著朱建玄的雙眼，恍然大悟說：「超能力……難道是你的同伴？」

「白痴，我不是在超能力學校唸書，才不認識懂得這種殺人魔法的人。」

「嘖，你罵人有夠凶狠的。」

我無言繼續與朱建玄遊行，與其他人一起任由雨打，打得全身疲累不堪。這環境也許大家心裡也在哼唱著民運的某首主題曲。

今天只有殘留的軀殼

迎接光輝歲月　風雨中抱緊自由[16]

遊行路線好像故意安排的，由東向西行，而天意好像也有特別安排，下午一直滂沱大雨，到黃昏才有短暫的休止。雖然沒有漂亮的晚霞，但我們知道夕陽就在雲的後面，街道向陽，大家的步伐亦是向著幻想中的餘暉，迎著光輝歲月，想著光復香港。

天色漸暗，終於到達遊行終點，不少年輕人在終點敲響歸家的訊號，呼籲今天是和理非的遊行，今天遊行結束後要全部回家，要避免衝突被捕。因爲現在警察會偽裝示威者，他們不是臥底；臥底至少有程序監察，但偽裝示威者做什麼都不用紀錄，甚至於與示威者一同參與非法集結也不用負上刑事責任，他們吃了星星變成無敵的存在。

「不要給警察機會製造混亂啊！家人等著你們開飯，所有手足一個都不能少。」

「今天是和平集會，集會結束我們一起回家好嗎？」

我看見有少女哭著勸說在場手足回家。

回想這場運動，我們會稱呼素未謀面的人作手足、戰友、兄弟、姊妹。我們爲手足自殺而傷感，爲戰友遭拘捕而恐懼，爲兄弟被打而憤慨，爲姊妹受侮辱而不忿。動聽的說法就是苦難把所有人連繫在一起，但也許他們沒有選擇，只是被暴政用鐵絲穿掌串連在一起的一群受壓迫的人罷了。

假若我們是被動串連的話，對方支持政府的人又是怎樣的情感把他們連在一起？「連在一起的群體、群組……啊啊！」我猛地想起了，我好像忽略了一件非常重要的事情，有必要再看一次江伯的手機資料！

16《光輝歲月》：九〇年代香港樂隊Beyond為紀念南非國父曼德拉出獄而創作的歌曲。歌詞描述曼德拉奉獻大半生為南非黑人追求人權、自由、平等，這些理念都與香港人追求民主自由相近，因此被廣泛用作香港社會運動的其中一首主題曲。

16

翌日，當我證實了我的想法後，朱建玄也不得不同意我的觀點。那笨蛋其實超笨的，只是懂得一點電腦技術和超能力才有資格當我的拍檔。

「確實好像有個幕後眞凶用魔法操縱張軍洋殺死柴進賢，但魔法詳細還是不明。」朱建玄如此總結。

於是我們在自修室討論了一整天，想出各種方法，還是想不通眞凶怎樣確切地誘導疑凶殺人。

索性留在自修室叫了外賣吃過晚飯，這時候朱建玄突然建議說：「反正都沒什麼頭緒，要到外面散步嗎？今晚維園好像有很有趣的事情。」

於是我就不明不白的跟了朱建玄出街。我記得當時是晚上十點鐘，畢竟街上有很準確的報時。

「五大訴求——」「缺一不可！」

「香港人——」「加油！」

大約在六月的時候，有網民貼了一則去年亞美尼亞革命[17]的新聞。當地人說因爲工作等原因，很多人未必能夠參與遊行示威，於是有人策劃了一些大家都能參與的運動：例如職業司機定時響號、家庭主婦每晚十一點敲打碗碟、家人在窗前吶喊，讓口號每晚在社區迴響。

最初網民覺得雖然很有道理，但好像有點尷尬，又有點搞笑，大家都一笑置之。但當時沒有人想過這場流水革命會持續這麼久，兩個月後，終於有另外的網民決意實行，製作大量海報在網上和連儂牆上宣傳，大家都認爲時機來到了。

香港人是抗爭運動的新手，唯一優點是資訊流通。大家研究世界各地的抗爭手法，吸收、理解、再演化成本土的抗爭模式，策劃了屬於香港人的「吶喊抗爭」。好像還有人研究要仿效波羅的海之路[18]，要組成「香港之路」，以向國際宣示香港人對爭取自由的決心。

17 二〇一八年亞美尼亞革命：前亞美尼亞總統塞爾基．薩奇席掌權十年，但他並不滿足，積極推動修憲把總統制改為議會制，並意圖角逐總理延長自己的執政，因而引爆持續近一個月的示威。示威者堅持和平原則，最終沒有大規模的暴力衝突下逼使塞爾基．薩奇席恩請辭，被喻為亞美尼亞版的「天鵝絨革命」。

18 波羅的海之路：冷戰後期，波羅的海三國（愛沙尼亞、拉脫維亞、立陶宛）為爭取脫離蘇聯各自獨立而發起的一場大規模和平示威，約二百萬人參與，互相手牽手組成穿越三國、總長度超過六百公里的人鏈，引起國際高度關注。

說起香港的國際形象，很多人會立刻想起那些五彩繽紛的霓虹招牌，錯綜複雜、懸空掛著。坦白說因爲安全理由很多招牌都拆掉了，現在取而代之的是滿地的抗爭塗鴉，燈柱上的文宣海報，天花板上的《V怪客》[19]標誌，牆上的連狗、連豬、佩佩蛙[20]漫畫。

這種亂中有序的香港街景，尤其與賽博龐克（Cyberpunk）相襯。像九龍城寨那種密集式的貧民窟，在太平盛世下獨立存在的一個獨立存在的社區，正是二十世紀反烏托邦的寫照。反烏托邦催生的反英雄，他雖然離經叛道，但面對社會的腐敗，反而成爲被壓榨的人民心目中的希望，追求自由的象徵。

現實與虛幻、個人與整體、秩序與混亂、文明與暴力，這些都是賽博龐克中的對立元素，也是今天香港的主題。這是最好的時代，也是最壞的時代。香港人經常引用《雙城記》[21]的開場來形容今年夏天，我們只是生於對立的時代罷了。

晚上十一點過後，維園足球場逐漸關燈，人群卻有增無減。幾十人、幾百人，慢慢聚集在硬地足球場上，有少年、少女；也有中年的大叔、可能剛剛在旁邊籃球場打完球過來湊熱鬧的；也有上年紀的老翁，因爲不懂上網不會用手機就親身來鼓勵這些年青人。每個人臉上都掛著笑容，有說有笑，是這幾個月來十分難得的風景。

朱建玄說：「昨天不是八一八大遊行嗎？連登和高登討論區有個傳統，就是用反話的方式打賭，希望能夠用烏鴉嘴來應驗某些願望。於是昨天很多網民打賭，說如果遊行當日有超過一百萬人上街，他們就在維園裸跑，甚至是倒立裸跑。結果八一八有接近二百萬人上街，結果他們自然是賭輸了。一般來說賭輸一方很少會出來做懲罰的，畢竟網上說過不算數大家也無可奈何。但這次打賭的人剛剛在討論區回應，說自己不會食言，希望能爲各位抗爭者打打氣，順便輕鬆一下。所以大家也抱著好玩的心情前來了。」

確實氣氛很歡樂，周圍的人都在喧譁大叫：「樓主，我們到了，你在哪裡？」

19《V怪客》（V for Vendetta）是一部於二〇〇五年上映的反烏托邦政治驚悚電影，劇情改編自同名一九八八年DC漫畫。背景設定在一個架空的未來——受到新法西斯主義統治的倫敦，講述自由鬥士V反抗極權政府北方之火的故事。

20 連狗、連豬、佩佩蛙：三者都是反修例運動文宣中較常出現的卡通角色。連狗出自連登討論區，是狗年的表情圖案，形象是柴犬，另有哈士奇特別版。連豬亦是類似，是連登討論區在豬年設計的圖案。佩佩蛙（Pepe the frog）則是網絡迷因、流行於外國的人型青蛙卡通生物。由於佩佩蛙受年輕人歡迎，二〇一六年美國總統選舉期間被白人民族主義和一些右派廣泛用作宣傳，令到佩佩蛙添上種族主義色彩，偏離創作者的原意，因此原創者畫了一張漫畫親手「殺死」了佩佩蛙。後來香港抗爭者用佩佩蛙宣傳自由、民主、人權，同時去信原創者，得到原創者的支持，讚揚香港人把佩佩蛙「復活」了。

21《雙城記》（*A Tale of Two Cities*）是英國作家查爾斯．狄更斯所著長篇歷史小說，故事中將巴黎、倫敦兩個大城市連結起來，描寫了貴族如何敗壞、如何殘害百姓，人民心中積壓對貴族的刻骨仇恨，導致了不可避免的法國大革命，以及隨後革命黨人對前貴族採取的殘暴行為。

因爲圍觀人數越來越多，有人義務協調：「樓主說會在十一點五十分裸跑，不跑不散，請大家再多等一會。」

其他人模仿警察打趣說：「請勿衝擊防線，否則樓主『露鳥』！」

「我要眞『觀鳥』！」

圍觀民眾不少都帶著雷射筆。大家指向星空亂劃一通，哈哈大笑。本來還在踢球的人意猶未盡，與新來的人互相傳球。當中還有「外援」球員，南亞裔的很多身手不錯，不只足球是共同語言，他們還懂得以地道的髒話互相打招呼，盡情玩樂。今年的暑假將要結束，大家都把失去的份兒在今晚一次過發洩出來。

是有種人　令這兒有風景
有種個性　從未曾被鑑定
別睡在夢裡　站著造夢更起勁[22]

有一種人，他們沒有容貌，因爲他們被剝奪了面孔。他們原本住在一間小洋房內，有一天，突然有人拆毀了洋房的大門闖進來，那些人告訴無面人不應住在洋房裡，應該跟全村的人一起生活。接著有人告訴無面人，你不能自稱住洋房的人，要自稱住村落的人。接著另外有人告訴無面人，你不應說自己家庭的暗語，要說大家聽得懂的話。接著又有人告訴無面人，以往洋房的生活已經不存在，以後你們只能適應其他村民的生活方式。

日子久了，他們以爲自己沒有容貌，其實只是戴上了面具。面具下的集體回憶、文化、價值觀，就是構成他們獨特面孔的元素。蝴蝶結繭，看起來是一模一樣，他們期待有一天能一起摘下面具，破繭而出，飛舞天上。

球場上芸芸眾人，忽然有個熟識的臉孔映入眼簾。我走近他拍肩說：「你是阿星對吧？認得心姐姐嗎？」

朱建玄也來搭話說：「之前失去聯絡，我們都很擔心你。」

阿星苦笑說：「謝謝關心，不算是什麼大事，警察也沒有起訴我。只是在扣留期間，我不願唱歌歌頌警察，警察便向法庭申請保護令爲難我而已。之前家人接我回家，條件是我要跟反送中的人斷絕來往，所以我無法聯絡你們，很抱歉。」

我微笑說：「總之沒事就好啦。有空就找心姐姐玩吧，不一定要跟反送中什麼有關的。」

朱建玄說：「而且你還有些個人物品留在自修室內，要斷絕關係就找個時間來取回

22《是有種人》：歌手何韻詩在雨傘運動後發表的第一首新作品，與她之前另一首歌的歌詞「生於亂世，有種責任」互相呼應。

東西。」

「好的……」阿星低頭說：「不過我還沒有放棄，我們正在籌備中學聯校罷課。雖然現在好像不是宣傳的場合呢。」

我笑道：「不知什麼時候能除下口罩在煲底慶祝，但今晚有緣聚在一起，一起來享受這個難得的夜晚吧。」

人群中間有人宣布：「大家聽著！現在十一點五十分，樓主要準備裸跑啦！請關掉所有手機燈光，記住全程不能錄影，不能拍照，我們要保護樓主，大家清楚了嗎？」

「上面的無人機！再不離開我們就用『雷射槍』將無人機擊落！」

「五、四、三、二、一、跑喇！」

當晚幾百人包圍球場保護樓主，看著樓主穿著內褲奔跑——雖然最後還是做了妥協沒有全裸，但大家都沒計較，大家都很久沒盡情笑過了。聽說還有幾萬人上網看裸跑直播，今晚可能是大家在暑假裡面最愉快的一個回憶。

沒人料到，當晚凌晨一點鐘傳來駭人聽聞的血案，在將軍澳的連儂隧道發生斬人事件，一名女記者身中多刀入院，情況危殆。

17

「妳今晚不回家嗎？」

自修工作間內，我回答朱建玄：「不，沒有那個心情。」

遊戲桌上攤滿資料，包括柴進賢案的新聞，還有我們用來討論的白板。同時我在筆記電腦盯著凌晨發生的斬人案，思考了許多。

我激動說：「你不認爲兩宗案件很相似嗎？疑凶和受害人同樣是素未謀面，都是一時衝動，在家中拿刀下樓砍人。這是仇恨犯罪（Hate crime）啊！而且這些仇恨犯罪都是基於仇恨言論（Hate speech）而產生的，你看看支持政府的群組，他們假扮示威者拍短片罵父母，就是離間家庭關係；還有支持警察的群組，他們每天罵男示威者是蟑螂、罵女示威者是妓女，這就是酷刑和性暴的源頭。每逢示威前就有謠言說示威者要入圍村打人，所以圍村的人才要拿起武器保家衛族釀成械鬥；最近連政府都在記者會上誣蔑暴徒要殺警，所以警察保護自己需先發制人動輒開槍，我告訴你這個亂局不是偶然，都是人爲操作的結果！」

朱建玄冷靜回答：「我明白妳的意思。但在網上鼓吹仇恨，與聽見仇恨言論之後動手殺人，兩者關係太遠，總不能說鼓吹仇恨的人就是眞凶。」

「那種情況當然不能算是眞凶，畢竟只是隨機殺人，不能證明鼓吹仇恨言論的有殺人意圖。我說的是，假設有人有意圖要殺害柴進賢，又知道柴進賢當晚被趕離家流連街上，於是做了一些事情，誘使張軍洋替他殺死柴進賢，而且張軍洋又沒有察覺自己被人利用。這樣張軍洋只是『凶器』，躲在背後的人才是『凶手』吧？」

「問題在於怎樣實行？」朱建玄續道：「另一個需要注意的地方是，實行方法不能太過迂迴，太過間接的手法不能判斷那個人是眞凶。正如蝴蝶效應，即使是巴西的蝴蝶拍翼引發德克薩斯州的龍捲風，甚至可能造成風災有人遇難；但基於蝴蝶無法直接預視這種因果關係，我們不能說蝴蝶就是殺死德克薩斯人的凶手，同樣不能證明蝴蝶拍翼有殺人的意圖。這些問題妳要如何解決？」

我望著遊戲櫃的骰盅，自言自語：「要擲出圍骰好像需要一點運氣呢。」

「當然我也不是要潑妳冷水。我也想幫妳整理思緒而已，而且我覺得妳有解決問題的才能。」朱建玄讀出調查筆記：「疑凶張軍洋，他曾說過是因爲知道柴進賢在摩士公園的公廁外牆貼了自己的個人資料，所以才動殺機。妳要從這個方向調查嗎？」

我點頭，二話不說拿出手機拍下朱建玄的大頭照。

「妳在做什麼？」

「我要打印寫有你個人資料的海報，然後貼在案發現場，看看你會否萌生殺意。」

坐言起行，深夜時分，我和朱建玄和他的大量海報來到案發現場；因爲我覺得快要想通整件事情的來龍去脈，就差一點點而已，也許重臨現場會有什麼發現。

凌晨的摩士公園只有零星路燈，樹林深處更覺燈光昏暗。我們用手機照明，來到命案的公廁外，就是那幅懷疑曾經貼滿海報、卻又整幅消失的連儂牆的地方。我貼了一張A4紙在牆上，關了手機照明，問朱建玄有何感覺。

「怎樣說……很不吉利。我很感激妳想節省墨水，但你把我黑白打印的大頭照連同姓名和出生日期貼在牆上，周圍又陰森恐怖，就像拜祭先人的骨灰龕場[23]那樣。所以我眞的想殺了妳。」

雖然是很不吉利，但也許朱建玄說得沒錯，要是夜晚看見整幅牆都貼滿自己的大頭照的確會很生氣。但這樣就能令到張軍洋發狂殺人嗎？好像又無法肯定，如此充滿變數的殺人方法一點說服力都沒有。

我閉起雙眼，幻想自己是張軍洋，來到公廁外面，看見滿壁海報……

23 骨灰龕場：香港的殯儀場地，又叫靈灰安置所，類似納骨塔，但每個龕位也有先人的照片和生卒。

我頓時明白了——我知道眞凶是如何有把握地借刀殺人，並指定要殺死柴進賢！這絕對是可行的方法！絕對是精心計算過的結果！

可是若然我推斷沒錯，這才是眞正的悲劇……明明這悲劇不應發生的，我實在不願相信自己的想法。

第五章

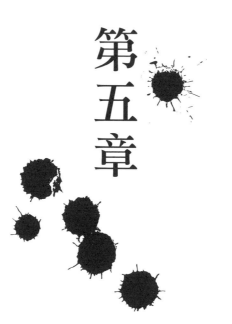

止暴制亂

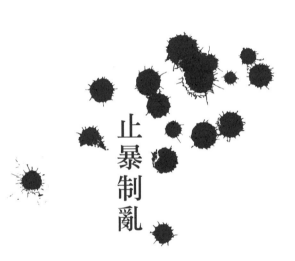

1

八月二十日，不但發生將軍澳的斬人案，更令警隊蒙羞的是白天被民主派議員揭發警察濫用私刑虐老。事發在今年六月下旬，一名老翁醉酒鬧事被捕，隨後送往急診室的獨立病房隔離。由於老翁在被捕期間懷疑曾與警員發生爭執，後來有兩名軍裝警員及一名便衣警員來到病房對老翁報仇，包括強行折斷老翁手指，用警棍虐打老翁下體和戳弄肛門等等，打至老翁失禁後，就脫下他的褲子用來掩著老翁的口。警察離開病房時向當值護士詢問該病房有沒有閉路電視，護士回答因為該病房是用來照顧情緒有問題的病人，所以特別設有閉路電視，那時候警察才知道自己闖了禍。

到兩個月後公開閉路電視影片，種種行徑看得令人髮指，加上警民關係轉趨緊張，警隊又不時傳出酷刑和性暴的指控，市民很自然把這宗濫用私刑的案件跟之前警察的醜聞聯繫起來，包括以前旺角警署的強姦案和警察總部的非禮案。

「太愚蠢了！我們手足才剛偵破摩士公園的謀殺案，卻給那些蠢人敗壞了警隊名聲，蠢到不行！」

新聞已經傳遍黃大仙警署，大家都怒不可遏，我亦忍不住拍檯大罵，就算以前的七警案[1]都沒有那麼笨，而且打的人也是情有可原，今次打那老伯罪證確鑿豈不百辭莫辯？

「趙Sir。」下屬的王良摩對我說：「我覺得，無論警察做什麼暴徒都不會滿意。就算是那宗謀殺案，現在網民都指責警隊假裝破案，實質包庇凶手，簡直不可理喻，所以不用跟他們講道理。」

「凶手都承認殺人了，那些人還在說什麼？」

王良摩拿手機給我看網上討論區，是一位網名Elepant的人發文：

讓我們回憶起七月份在摩士公園遺殺害的手足。他不是蒙面人，他是有名字，曾經有血有肉的人，他叫柴進賢。若有留意新聞，看見他遇害時的隨身物品包括那個背包和他的面罩，應該會對他有印象——沒錯，只要有上過前線的都應該認得他，他曾是與我們齊上齊落的好兄弟，對我來說更是共度生死的戰友。我曾經給他卡片，邀請他加入自己，可惜他沒有答應就離開了……

之前網上流傳當晚凌晨柴進賢曾經見過一位戰友，沒錯，那個人就是我。所以我更

1　七警案，又稱暗角七警事件、七警打人事件，乃於二〇一四年十月十四日香港雨傘運動期間，有七名警務人員將示威者及政治人物曾健超抬到添馬公園一個暗角毆打之事件。

不能放下柴進賢的死。有時做夢會想起與他一起蒙著面的夜晚，一起擋子彈，一起衝進立法會。他是個對生命有熱情的人，任何人都無權奪去他的命。

可是香港警察卻以他穿黑衣爲由進行報復，奪去了眞相。大家不能相信警察所謂的破案，我有證據證明警隊在說謊，目的就是包庇同袍，掩飾眞相。暴政最害怕的就是眞相，我警告所有在監視此貼文的警察，你們若有良知請勇敢站出來，不要助紂爲虐，坦白指證參與凶案的所有人，否則我就把凶案視作三萬警隊結構性的犯罪，就由我親自揭穿你們的謊言。

如果你們認爲我在虛張聲勢，那麼我就先拋出一個事實。我已經跟柴進賢的生前親友確認，柴進賢是個不煙不酒的人，更無抽大麻的習慣，警察栽贓嫁禍指控死者酗酒吸毒目的是人格謀殺。我清楚警察的罪行，我清楚警察參與當中，但需要來自警察的證據。

我相信警隊內尚存有良知的人，歡迎匿名提供證據，請加我的 telegram 帳號 @elepant 聯絡。但若然三日內都沒有「白警」出來指證的話，我將會陸續揭發你們的第二個謊言，直至警隊這艘船要沉沒、你們願意登上救生艇爲止。

——我是象頭盔，我不是象頭盔；頭盔下的不是人，頭盔下的是信念；你能殺死我的肉身，你不能殺死我的信念。

王良摩說：「貼文還有英文對照版本，就像那些暴徒記者會有中、英語發言，是拉攏國際媒體的做法。」

我再看英文版本，意思大致相同，署名跟網名一樣自稱Elepant，看來是故意用別字不作英文的象（Elephant）。

王良摩再補充：「他在貼文底部附上了象貼紙頭盔的照片。重點是象頭盔之前沒有公開講過自己如何招募五十人的行動小組，Elepant是頭一次說的，又有其他網友附和貼上象頭盔的卡片，我相信Elepant是象頭盔本人沒錯。」

我看了幾百個留言，雖然發文者沒有給予任何證據，網民卻一面倒地支持他，猶如狂熱的宗教份子，對警隊肆意謾罵。

王良摩說：「你看這象頭盔的價值觀如此扭曲，一口胡言裝作頭頭是道。我看過凶案資料，疑犯沒有吸毒紀錄，那包大麻花顯然是死者的，所以他們才要轉移視線誣蔑警隊。」

我質問王良摩：「你翻閱過凶案資料？那不是你的工作範疇吧！」

「對不起，長官。」王良摩解釋：「死者是我中學同學的朋友，我那個同學一直批評警察沒有盡責保護市民，所以我要證明給他知道我們一直有在工作，叫他不要相信謠言。」

「我看你誤會了些什麼。王良，你還記得香港警察誓詞嗎？」

本人謹以至誠作出宣言，本人會竭誠依法爲香港特別行政區政府效力爲警務人員，遵從、支持及維護香港特別行政區的法律，以不畏懼、不徇私、不對他人懷惡意、不敵視他人及忠誠、努力的態度行使職權，執行職務，並且毫不懷疑地服從上級長官的一切合法命令。

我續道：「你以爲現在警察爲什麼不用巡邏？爲什麼接到報案可以選擇掛線？爲什麼能夠完全無視警民關係不用處理？香港沒有軍隊，但不代表不需要軍隊；事實上香港警察就是國家憲兵，因此所有警員都要接受機動部隊訓練。你們憑什麼中學畢業，薪酬卻比大學畢業生高？政府買的就是你們的忠誠，誓詞已經寫得夠清楚了，你不明白我可以簡化成三條定律給你看。」

第一定律：警察不得傷害政府，或坐視政府受到傷害；

第二定律：除非違背第一定律，否則警察必須服從政府命令；

第三定律：除非違背第一或第二定律，否則警察必須忠誠地執行職務。

「保護市民、除暴安良，沒錯是警察職責，但只是排在最後的位置。我們是政府支薪的軍隊，只有我們能夠止暴制亂，恢復社會秩序，這才是我們的首要任務，其他的你少多管閒事了。」

王良摩沒有回應，他什麼都不明白。紀律部隊最重要的是什麼？是忠誠。一直都是如此。

God save our gracious Queen!
Long live our noble Queen!
God save the Queen![2]

2《God Save the Queen》：英國國歌，中譯作《天佑女王》。港英時期，每當官方儀仗場合例如王室訪港或港督履新時，會由皇家香港警察樂隊演奏英國國歌向王室敬禮。

2

那些學生什麼都不行，唯獨膽識和凝聚力令人驚訝。最初只是少數網民提議要仿效波羅的海之路組成香港之路，短短五天的宣傳，卻說服到逾二十萬人組成超過六十公里的人鏈，貫通香港、九龍、新界。

正常來說要協調二十萬人列隊牽手絕不簡單，但主辦方用了個很狡猾的方法，他們決定沿著鐵路組成人鏈，並把六十公里的人鏈按鐵路站切斷成不同的路段。千人一站、萬人一區，他們每個路段的人鏈都有自己的Telegram群組，事前網上報名，當日再按每區的實際人數分配。假如觀塘站太少人，那麼黃大仙站多出的人就能乘坐地鐵到觀塘填充人鏈。

「好好利用港鐵最後一次吧。」

我感到可笑，再看網上討論，原來其中一個提議這種取巧做法的人就是Elepant。據說他還負責統籌九龍塘至黃大仙一段的人鏈，當晚亦會現身參與。於是今天晚上，我從九龍塘地鐵站踱步至黃大仙，我要好好記住人鏈的每一張臉，象頭盔就隱藏在他們當中。

那些大叫香港人加油的，有瘦弱書生、妙齡女子，有戴口罩的少年、牽著孩子的父母，還有默默站在人鏈當中的老人家。當然 Elepant 不會戴上象頭盔暴露自己身分，但我大概能夠想像他是什麼樣子。

首先性別是男姓，從六月起便有人見過他出席各個地區的遊行示威，網上發文多數是半夜，早上不見蹤影，可以肯定他是個學生或者大學剛畢業還沒工作。再看他雙語發文，是大學生的機會比較高；至少英文不差，不像會犯下拼錯小學英文生字的錯誤，因此他的網名別有用意，故弄玄虛，就像七月二十一日當晚帶著五十人一同消失那樣，是個表演慾很強的人。

喜歡表演，渴求吸引別人注意，卻意外地朋友不多，因此每次都是孤狼的方式出席示威，沒有熟人陪同，甚至要冒險在示威現場招攬陌生人作伴。但他偏不怕風險，他自信能選出替自己辦事的人，有領導才能，不怕生。

再回想他做過的事情，除了主動挑釁警方並且成功逃脫外；看看他的頭盔，只有他戴上可供警察辨認的頭盔。他做的所有事情都是針對警察，包括昨天的發文。他反而甚少討論政治訴求，純粹因仇恨警察而行動，屬於典型的反社會人格障礙，表面看來和善，其實缺乏同理心，對於破壞社會沒有絲毫自責，從不認為自己做錯。

還有最重要的一個特徵：象。象的形象是巨大、強大、力大無窮。古代人馴服戰象編制象兵作爲王牌，象頭盔的他以象自居，掩飾不了他好勇鬥狠的心理。

夜空中沒有大象，只有發光的獅子輪廓。有示威者登上獅子山頂，用射燈連結山下公路的人鏈，一盞一盞手機燈沿龍翔道延伸至我的面前。我仔細審視每一張臉，把那些沒有表情、眼神卻是充滿自信的二十出頭的男生的臉逐一記下來，垂下手舉起姆指記憶第一張臉，伸出兩隻手指記憶第二位男生的臉，我們把所有可疑的臉與手指的動作連繫起來，我的記憶比起相機更可靠。

象頭盔招攬了五十人，他已經是犯罪集團的首腦、專門針對警察的危險人物。他想成爲莫里亞蒂的話，我便是福爾摩斯，絕對不會放過他。

香港之路在晚上九點過後陸續解散。半小時後，回到家中，看見Elepant在網上發文：

很遺憾沒有正義的警察敢於爲柴進賢的死發聲，三日之期已過，我要揭發香港警察第二個謊言。七月十五日凌晨四點半，第一位發現死者屍體的人，他並非普通市民，而是休班警員。他叫做王良摩，駐守黃大仙警署，警察編號2941。我手上有更多關於凶案的資料，但我希望警隊能早日公開坦承自己的錯誤，而不是被我揭發。我再給予香港警察三日限期，我需要警方向公眾交待清楚，否則我將會公開警察的第三個謊言。

——我是象頭盔，我不是象頭盔；頭盔下的不是人，頭盔下的是信念；你能殺死我的肉身，你不能殺死我的信念。

同樣是中英雙語的發文，這篇文章有兩個重點：第一，發文時間是香港之路完結後的半小時，發文者必定在能夠安心的地方發文，換言之他的家就在九龍黃大仙區半小時的車程以內，或至少有據點在附近。第二，發文者知道第一發現者就是王良摩，而且很可能正在調查王良摩。

我相信知道王良摩身分的人並不多，不然傳媒早就用他的身分來大造文章。會是楚佩心嗎？但她不可能是象頭盔的人，身形有分別。那會是她提及過，與她一起調查的男生？到底是誰，那男生剛才有在黃大仙區的人鏈裡嗎？

我望著雙手掌心，比劃出一、二、三，逐一回想起今晚所有可疑的面孔——有一個面孔，好像之前還在哪裡見過。

我馬上跑到書桌前，桌上一片凌亂，我掃走聖經紙的紙屑，在一堆文件中找到了筆記簿。對了，翻開七月份的筆記，裡面有我曾經調查的那個人的資料；那時候我借閱了凶案記錄，其中一件證物是死者身上的一張卡片，是旺角自修工作間的資料，上面額外寫了一個名字。

我曾經在網上查過此人，看過他的照片，肯定他就在今晚的人鏈裡！他表面上在社交平台沒什麼意見，卻暗地裡利用別人的自修工作間改裝成爲臨時旅舍接濟黑衣人。確實他曾經留過電郵地址，看看能否從電郵找到線索……

入侵電郵一般不是直接盜取目標的電郵密碼，而是以目標的用戶名稱搜尋其他注冊服務，總會有一些網站保安比較弱或者曾經洩漏資料。反正大部分人在網上都只用一套帳號和密碼，等於家中大門、房門、保險箱全部用同一鑰匙，只要破解一次就通行無阻。

「結果找到用相同名字注冊的LinkedIn帳號，他所就讀的中學，果然跟王良摩一樣。他們是同學。」

總算抓到你了。我拿起桌上的打火機點火，對著火光發誓，一定要將Elepant繩之於法。

3

星期六，警方徵用港鐵多個車站，觀塘線部分路段停止服務，藉以協助警方應對當日的非法遊行。暴徒利用鐵路打游擊戰的如意算盤再也打不響了。

事隔半個月再次換上防暴裝束，但今天我們沒有在地面候命，而是聚集在其中一個已經關閉的地下鐵站準備行動。平日人來人往的地鐵站大堂如今換成清一色的防暴警察，有的小隊換乘小型貨車或其他政府車輛前往遊行區外佈防，其餘包括我的小隊的防暴警察則埋伏在各個地鐵站的出口附近，目的都是要令暴徒措手不及，必要時動用任何手段將暴力份子一網打盡。

負責埋伏在地鐵站A出口的縱隊包括我在內共九人，他們脫下頭盔，坐在樓梯聊天。

其中有人笑問：「你們有這種感覺嗎？兩個星期沒得打蟑螂，總覺得好像少了些什麼。」

「對，這麼久沒開槍就像沒做愛一樣，簡直要了我的命。」

「喂喂，菜鳥你之前一個暴徒都抓不到，上場軟手軟腳，我還以爲你是個毛都沒長齊的處男呢。」

警官的話引來哄堂大笑。那名年青警員無法反駁上司，氣得面紅耳赤，得靠他人解圍。

「別笑他了，就算菜鳥都比那些坐在冷氣房的高官有用。」

王良摩亦被分派到同一縱隊，他生氣道：「沒錯，那些狗官根本不理我們死活。我們每次都是面對一群恐怖份子，戰場只有暴徒和裝扮成平民的暴徒，不曉得哪天會有假的市民衝來放炸彈呢！那些怕事的狗官做過什麼支援警察？」

我答：「這是個亂世，治亂世必須用重典，我想政府亦逐漸明白這道理了。水砲車已經完成測試隨時上場，聽聞近日亦會修改槍械使用守則，這是個好的開始。」

「問題是只是個開始。」高個子的警察罵道：「不知何時才能等到那賊婆娘宣布宵禁，成立特別法庭速判暴徒；還有辱警罪和禁蒙面法呢，全部在外國都有先例，他媽的特首不會不知道吧？」

「別指望那些狗娘養的，現在只能靠我們守護香港，直至暴徒一個不剩爲止。」

所有人都作好覺悟，不能讓暴徒得逞。這時候無線對講機傳來消息，說暴徒已經佔據馬路，更用電鋸把路上的智慧燈柱砍了下來。於是我們根據指示前往另一個路口佈防，卻在一街之隔看見數十名黑衣已經堵在路上。

不過人群中間有爭執，有個光頭的中年漢擋在燈柱前用手機拍下了黑衣人的臉，於是黑衣人包圍光頭男子，先是謾罵，之後就各自拿出武器械鬥。

「先別動。」我問王良摩：「警察阻止街頭械鬥、暴徒圍毆路人至頭破血流，你說哪個新聞標題比較好？對付暴徒不能手軟，待會你們用胡椒球槍[3]驅散他們，其餘的人就去抓那些跑不動的。」

就像音樂椅遊戲，就算黑衣人聲稱不割席，大難臨頭還不是各有各跑？搶不到椅子的就被抓，就用殘酷的現實來教育一下現在的學生。一輪砲火劈啪，白煙瀰漫在十字路口，黑衣在霧中四散，電光石火間同僚已經把打人的兩名暴徒制伏，另外光頭男子一拐一拐地走來警察這邊，真是個稱職的會自己走的詭雷。

一群屁孩還想搞革命，結果只是幾個警察就將數百人嚇退了。

3 胡椒球槍：香港警察配備的胡椒球槍為半自動氣槍，最高射速每秒十一發，有效射程超過四十五米。胡椒球彈擊中身體會爆開釋放刺激性氣體，作用與催淚氣體類似。雖然屬於低致命性武器，但與橡膠子彈和海綿榴彈等同，在外國亦曾造成意外傷亡。

4

「別自亂陣腳！」突然有揚聲器的呼籲在街上迴盪，一個機械音質的男聲繼續大喊：「對方不過是十條狗，我們幾百人沒有懼怕牠們的理由！」

一個聲音凝聚百人意志，原本四散的暴徒冷靜下來，一對一對的走上前排對峙。他們每二人一組，前面的拿著各式自製盾牌，後面的搭著隊友的背包給予支援，助他察看四周。後方更有人群用鐵枝亂敲，縱然雜亂無章，卻是士氣激昂，鼓勵著中間的人拿起磚塊就往警察這邊擲來！

「那些黑衣人瘋了！」

前線警員射出催淚彈還擊，但暴徒全身包滿裝甲根本沒有在怕，反過來拋出雜物繞過前排的後腦就扔向我們這邊了。暴徒甚至不顧被制伏的同伴，把燃燒彈直接扔到防暴盾上，反彈落地在警民中間築起一道火牆。

此時有人舉著黑色的革命旗，使「光復香港時代革命」的八個字在空中飛，旗桿掠過看見持旗手正是象頭盔的黑衣人。他換成單臂撐起旗幟，左手舉著揚聲器大喊：「警察不過是政權的走狗，記住『人民不應害怕政府，政府應該害怕人民[4]』。誰要打狗救手足的，跟我一起衝！」

黑色暴民踏火而來，任憑警員以胡椒球槍掃射都無法擊退失控的群眾。忽然四面楚歌，警察唯有拋下被捕的人不斷往後退，退至我的面前，退無可退，我們反遭暴民包圍了。

「黑警！黑社會！殺人犯！強姦犯！有種就開槍射殺我們！」

點三八左輪手槍，六發子彈，我把槍口對準黑群，像先知般分隔大海；黑色暴民左右亂竄，唯獨一人站在槍軌的直線上；四十米，水平射擊，只要手指一扳就能取他性命。

象頭盔的人沒有逃，像逆流中的頑石，凝神緊盯著槍口。

「讓我看看你的信念是否刀槍不入。」

——砰！

突兀巨響打在目標身上，但牠的硬甲彈走了子彈，濺出白色漿液和黑色硬鼓碎片，「吱吱」聲的拍打昆蟲翅膀便躍離開了人群。全黑的身影骯髒、敏捷，在羊腸小道穿插，我握緊配槍追捕：直至窄巷的盡頭是個死胡同，三面破舊的高樓，但牠依循本能就

4 人民不應害怕政府，政府應該害怕人民：出自《V怪客》。

爬在苔蘚牆上移動了。我跑了十層樓梯，走到天台，在密雲下逮住了牠。

可是牠氣定神閒，身邊全部都是牠的黨羽，昆蟲與手機佈滿天空。牠的臉是黑色的，張開嘴巴說：「堤壩已經崩坍，憤怒的洪水已經填滿了街巷、馬路、廣場、山野。」

暴雨越打越猛，水位漲至天台，目下一片澤國。仿若邪教首領的牠續道：「四千年前夏禹尚懂疏水理水，現在暴君卻妄想鬥天鬥人，只會毀滅一切。」

突然有軍隊走在水面，他們堆起沙包築堤，然後軍官對我說：「香港的警察辛苦了，接下來就等我們處理，沒有你們的工作了。」

「沒有工作是什麼意思，我是高級督察趙榛正，警察編號4166。」

雨中沒有飛鳥，那些軍人沒收了我的配槍，他們一邊烹著狗肉一邊說：「我們已經替你在內地安排了房子，你可以安心退休了。」

「什麼房子？我自己有房不用你管！」

保險職員說：「先生的房子已經淹沒塌陷，由於政府宣布事件爲暴動，暴動和內戰均不在賠償的範圍內，請閣下自行處理。」

銀行職員說：「閣下的物業已經一文不值，本公司判斷閣下沒有工作無法償還千萬房貸，將會從法律途徑追討銀行的損失。」

蟲說：「面對現實吧，沒有配槍你們不過是狗屎，是社會的最底層，跟我們一樣連人都稱不上——」

忽然天崩地裂，雙腳踏空，猛然墜下，卻發現自己半臥在沙發上。醒來時幾乎透不過氣來，但聽見風扇葉均速在轉，外國廚師在電視機內用英語解說菜式；又看見電視旁的書架排滿福爾摩斯全集，唯獨缺了《The Hound of the Baskervilles》（巴斯克維爾的獵犬），取而代之是放在茶几上的煙斗；多麼熟識的客廳擺設，我才感到安心。

我望著窗外藍天白雲，深深吸氣，大力呼氣，嘗試緩和自己的心跳——砰砰砰！突然有人拍門，來者不善，我立刻打開抽屜拿出七吋長的螺絲刀跑向大門。

「誰！」

開門後，鐵閘外的是個穿著制服的郵差，他拉下口罩輕佻地說：「阿Sir，戴口罩而已，不是犯法吧？」

我辯解說：「不，剛才我在修理冷氣機，一直修不好，夏天很悶熱一時激動罷了……我不是警察。」

「算吧。你是趙先生嗎？這裡有個包裹，你確認包裹上的資料沒問題就在這裡簽名。」

我放低螺絲刀收下包裹，簽了名，然後向這名年青的郵差點頭道謝。只是對方沒有領情，只是拋下鄙視的眼神然後就走了。他是真的知道我的身分，還是純粹不喜歡我的個人？我沒有辦法知道。但如果是前者就不好了。

「爲什麼？爲什麼緊守崗位的人要遭受白眼，那些堵路放火的人卻成爲英雄？」

太多關於警隊的負面新聞，長此下去我們會輸得一敗塗地，一定要想方法扭轉這種不正常的局面。我把電視關掉，閉目思考，忽然想通了一切。

大多數人都是感性先行，不管是非黑白，只會同情弱者。他們選擇看見警察的槍，看見暴徒受傷，因爲全副武裝的警察虐打市民才是他們最想看見的、最強弱懸殊的畫面。所以我要讓他們認清事實，把暴徒的刃器、把受傷的警察放在他們面前，令全部人都不得不面對。

我已經想到該怎樣做了。我打開手機，盯著手機群組裡面幾個名字，這才是我混進暴徒群組的目的。Elepant先生，我們來玩一個賊殺兵的遊戲吧。

第六章

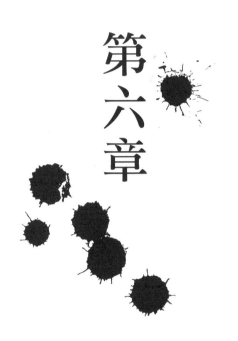

民不畏死

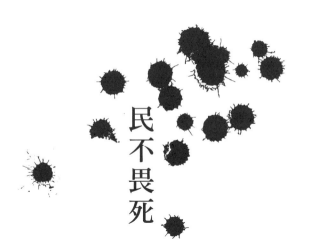

1

「有沒有胡椒？我要吃胡椒蛋！」

茶餐廳內有一桌小孩嘻嘻哈哈，話題都離不開蛋。

「笨蛋！胡椒加水是胡椒水，蛋是催淚蛋啊！」小孩嚷道：「你們有沒有吃過催淚蛋？上星期我家樓下就有警察放催淚蛋，爸爸馬上關窗開冷氣也擋不住那些催淚氣，很辛苦的。」

「你只是吃過一次，我家在警署附近晚晚都吃啊。」

「也算走運啦，要是豆袋蛋就射盲你的眼。」

「女孩子才會被豆袋蛋射盲。警察第一天射盲男孩的是橡膠蛋！」

「橡膠蛋當然不能吃。你們知道有什麼蛋是能吃的嗎？就是海綿蛋……糕！」

「——噗哧。」楚佩心在隔鄰偷聽，不禁發笑。

話說今天我們約了出來旺角食下午茶。平日的下午三、四點鐘，餐廳內大多都是街坊熟客，能夠暢所欲言，只是沒想到連小學生也一樣。

「朱建哥，我要兩包糖。」

看見楚佩心嬌嗔嚷著，我便在餐牌旁邊拿了兩包黃糖給她。

「啊，謝謝。」

等了一會侍應端上了下午茶點，這時電視不斷重播新聞，一邊廂有數十名銀髮族靜坐絕食，以行動支持年輕人爭取自由；另一邊廂數以萬計的婦女在中環遮打花園集會譴責警方的性暴力，用紫色玻璃紙蓋著手機閃光燈在黑夜中砌成薰衣草的光海；同一時間卻有律師建議政府可以引用《緊急法》先行訂立《禁蒙面法》剎停暴亂，待立法會復會後才審議。

「要宣布緊急狀態囉。」楚佩心咬著豬扒包說：「緊急法授權政府訂立任何法例來止暴制亂。我們就是砧板上的魚，禁止蒙面只是給政府小試牛刀而已。」

「畢竟外國也有先例可援。」

「外國也有兩種情況啦。假如有一套完善的民主機制還政於民，就算政府做了什麼不得民心的事，也能透過機制吸收與回饋民意。但香港的情況是既沒有普選，還要與民爲敵。當年港英政府挾民意引用《緊急法》處理六七暴動，跟現在特區政府引用《緊急法》處理民意是兩碼子的事，簡直當人傻瓜。」

我說：「除《緊急法》外，好像還要出動水砲車呢。」

「水砲車很棘手喔，千萬不能正面硬碰，外國已經有示威者被水砲射擊導致永久失明甚至死亡的案例。」

撇除高壓水砲，水砲車還有特別調製的顏色水劑，據說混入了胡椒水或者其他化學物質。

「有些前線吸了兩個月催淚煙，身體已經開始有異樣，如今還要硬吃新的化學物質。而且警方始終不肯公開水劑成分，急救員無法對症下藥，根本就是想製造人道災難，以折磨示威者爲主要目的。」

楚佩心答：「顏色染料依附在衣物上的話，警察更能夠隨機查截市民，一旦發現染料就抓起來，這種延遲攻擊比起水砲的物理攻擊來得卑鄙呢。」

「不知道防水噴霧有沒有效？就是平常用來防污跡的，說不定也能防顏料染色。」我還在手機點開防水噴霧的影片。記得第一次看覺得很神奇，比如在一個盒子的表面噴上噴霧，當潑水到盒上就會像圓珠般滑走，表面不會沾濕。原理是利用化學物質讓東西表面呈現「疏水性」，就像水和油不能相容，疏水性的東西也會跟水分子互相排斥，形成「防水」效果。

「其實我在自修室的房間也有一支防水噴霧，朱建哥要不要試一下？」

「怎樣試？」

「就隨便噴在玻璃窗上看看嘛。反正最近經常下雨，有噴過噴霧的都比較不會留下水痕。這樣萬一水砲車射來可能也有效。」

「怎麼都是以被水砲射爲前提，這是今年獨有的詛咒嗎？再者，我不是說過我收到舊同學的通知，告訴我自修室遭到檢舉，不能再運作下去要把自己的東西帶走？」

楚佩心笑道：「不要緊啦，防水噴霧就送給你，反正本小姐也拿走了一件東西作紀念，看朱建哥你什麼時候發現，呵呵。」

這是個輕鬆的下午，但輕鬆背後看來自修室亦需要安排暫宿的學生離開。畢竟自修室屬於擅自更改作居住用途，這也是沒辦法的事情。

我同樣取回了東西，吃過下午茶後拿著筆記電腦獨自前往圖書館，以另一個身分蒙著面在網上繼續行動。

我在圖書館找了個隱密的角落，打開Tor[1]瀏覽器，登入Elepant的帳號，再次在網上發表公開信：

大戰在即，我今天只想說說爲何我要執著柴進賢的凶案。這並非單單是因爲我與死者相識的原因，最重要是有警察，甚至是整個警隊都牽涉其中。我之前說過第一發現者是休班警察王良摩，我不是隨意說的，他就是整件案件其中一重要證人，但現在王良摩

1 Tor：是一類開源自由軟件，藉由隱藏用戶的網路資料實現匿名通訊，避免網路監控。

的名字已經在警察聯絡簿上抹去，警隊要刻意低調處理。警方這樣做不是沒有原因，因爲最重要的撒謊者是王良摩，你們有興趣大可從這個方向調查他。其實想想也知道，爲何一位休班警察會在凌晨四點走進公園，一切都不是偶然。

不過我今天想說的不是這件凶案，而是我們爲什麼不能放棄這案件的理由。近日大家也聽見蒙著面的香港警察語帶内地口音，有些還公然說起普通話，相信大家都猜到原因。警察極力反對成立獨立調查委員會，正是因爲他們做過太多不能曝光的事情，如果我們習慣了第一位手足不明不白的死，以後每天就會有更多離奇死亡的個案，可能是畏高的人爬上天台墮樓，也可能是游泳健將投海自盡。

所以我們不能習慣。

——我是象頭盔，我不是象頭盔；頭盔下的不是人，頭盔下的是信念；你能殺死我的肉身，你不能殺死我的信念。

2

重臨沙田新城市廣場，但今晚我不是以黑衣人的身分前來，脫下象頭盔這面具後我只是其中一個參與運動的普通人而已。

話說這座連接沙田鐵路站的大型商場曾是七月十四日衝突的主戰場，如今則變成了示威者的「抗爭基地」。每晚都有數以百計的市民聚集在商場內，他們抗議當日商場職員帶防暴警察進來圍捕受困的示威者，尤如引清兵入關的吳三桂，沒有好好保護商場的顧客。也是這件事間接導致當晚柴進賢的死。

然而一個多月過去，很難想像示威者會有如此耐力，幾乎每晚都在商場內抗議。而且現在他們還多了一個抗議的理由：上個星期觀塘遊行，港鐵公司卻選擇關閉地鐵的觀塘線；他們不但沒有負起大眾運輸系統的責任，更是挪用公共交通資源服務警察，運送警察，開放給警察休息及埋伏市民，出賣了乘客利益。

於是連接沙田站的這個商場變成了另類的抗爭基地，網上曾流傳兩段影片，一段是防暴警察出現在沙田站內被市民包圍喝倒采，另一段是黑衣人進入商場受到商場顧客英雄式的夾道歡迎。誰都沒料到，去年大批年輕人在商場排隊逾五小時爲的只是喝一杯在中國內地十分受歡迎的喜茶，而現在這些喝喜茶玩抖音的學生卻站在反送中的最前線。

大批年青男女聚集在商場內的空地，努力張貼文宣海報淹沒商場每一道牆壁。有學生坐在地上親手繪畫海報，又有人摺紙裝飾連儂牆，或者用七彩繽紛的便利貼砌成象素風格的大型卡通。他們今晚都特別起勁，有垂直貫穿兩層樓高的巨型黑白直幡，有便攜式投影機播放警暴影片；文宣海報五花八門不在話下，除了原創的也有仿作的，包括模仿《自由領導人民》的港版油畫亦見牆上，整個商場儼如流水革命的博物館，大家這兩個多月在街上收集得來的催淚彈殼等等也能放在場內展示。

當然，如今商場上最多的海報都是寫滿了三個數字：八三一。

八三一，Now or Never[2]；八三一，終局之戰；八三一，全民覺醒；八三一，自由之爭。

這個星期六，八月三十一日，就是「八三一決定」的五週年。五年前全國人民代表大會常務委員會通過「八三一決定」，否決了公民提名競逐特區行政長官的可能性，直接引爆雨傘革命。經過風風雨雨，爭取民主的路有起有伏，結果雨傘革命化作流水革命，大家再次站出來爭取雙普選：普選行政長官，普選立法會議員，還政於民。

化作流水我們的力量更強大，遇到的打壓亦更巨大，沒有人知道這場流水革命的結果將會如何，也許我們都要粉身碎骨。其實現在坐在地上手繪海報的學生也是一樣，他們每晚畫的海報到翌日都會被清理，那些便利貼砌成的象素卡通會整幅撕走，連儂牆每天都有清潔工人撕掉。可是他們明知親手做出來的文宣會被移除，但他們還是每晚相同時間重聚於商場內重貼連儂牆，反覆做著可能沒有意義的事情，也許這件事情本身就是它的最大意義。

已經再一夜未能睡　置身這荒誕歲月裡
抹乾眼淚行下去　要憑兩手刷新壯舉
有種愛超越限期盛衰　連繫你我內心交瘁
暴雨打　狂風吹　與你共進退[3]

商場上有人用手機播放著《和你飛》，如果說有種愛連繫著我們的心，這種愛不止超越時間，還超越了空間，超越了陰陽相隔。每次集會也有人悼念逝去義士，又或者大家沒說出口，內心仍然沒有忘記過。然而，今晚悼念名單又添一人，再有年青人墮樓自殺，網上最後的遺言是香港人加油。

「——大家聽著！」突然有人在商場內大喊：「商場地下來了一輛衝鋒車和一隊防

---

2 Now or Never：紀錄片《Winter on Fire: Ukraine's Fight for Freedom》的導演曾發公開信鼓勵香港人，信末結語 Remember it's now or never，寄語「時不再來，機不可失」。

3《和你飛》：歌名《和你飛》與「和理非」同音，是其中一首為香港人加油的原創歌曲，創作人署名作香港人。

暴警察，今晚各位離開的時候要小心，盡量找朋友陪或者其他人陪伴，互相照應。」

現場一片噓聲，不知警察又有什麼企圖。我走近那人問：「那些警察在地下巴士站那邊嗎？我們又沒有犯事，無需害怕他們。」

對方疑惑反問：「兄弟，現在黑警不會跟你講道理，別中計了，老人家沒教你見到日本皇軍應該要避之則吉嗎？」

「我不是跟他們理論，我是要他們知道自己做錯，要他們爲自己所做的事蒙羞。」

頓時全身血脈沸騰，腎上腺素驅使我走到商場外的大馬路，看見一群無所事事的防暴警察就站在路邊與途人對罵。

「——你們這群蟑螂唯恐天下不亂，滾回家睡覺去吧！」

「警察先生！」我放聲道：「我不介意你們稱呼我做蟑螂，甚至是蛆蟲。我只想說，無論你們做什麼都不能嚇退香港人追求自由的心。不自由毋寧死，給我們自由或者給我們一死！你可以現在就開槍殺死我，這樣我就可以跟各位烈士重聚，這樣就可以讓其他香港人取代我們的位置站出來，這樣自由終將屬於我們。因爲香港是自由之地，因爲香港是勇士之鄉，而香港人是不·怕·死！」

雖然有烈士的遺言叮囑香港人加油，但也許大家就是太過努力才會感到疲累，無力再走下去。所以現在香港人需要的不是加油。

「香港人——」「反抗！」

「香港人——」「反抗！」

3

接下來的數晚發生了許多事情。先是解放軍駐港部隊在深夜以海陸空三路立體投放形式完成輪換，規模比起之前的都要大，有外國傳媒報導駐港解放軍的數量在輪換後增加了一倍。

同時親中媒體傳來風聲，聲稱港府應在國慶前的中秋平息暴亂，示威者不應活過月圓之夜，因爲中國傳統秋後是算帳，秋後是問斬，秋後是處決。無獨有偶，在暑假的最後數天，先後有多名反修例遊行的發起人遇襲送院；學生組織領袖相繼遭人上門恐嚇；反對派的政治人物一個一個被拘捕；參與罷工的公務員等遭解僱；籌備罷課的中學生亦收到校方警告要開除學籍。

加上《緊急法》的討論甚囂塵上，包括禁止蒙面、宵禁、網禁、延長拘留時間至九十六小時、成立特別法庭速審速判。社會氣氛前所未有地緊張，人人如履薄冰，看來政府會不惜一切強行平息風波。

雖然早就知道這是一場強弱懸殊的戰爭，所做的一切可能都是徒勞無功，但當這場流水革命被政府鎮壓下來的時候，我們眞的能夠接受這個結果嗎？

在上床睡覺前，我打開手機檢查訊息。之前我開了@Elepant的帳號希望有警察提供凶案資料，當然知道不會順利，Telegram每天收到的不是垃圾訊息就是謾罵和恐嚇的錄音；儘管如此，我還是抱著孤注一擲的心情每晚查看訊息，而今晚其中一則訊息甚爲特別，吸引了我的注意。

「象兄弟你好，請恕我冒昧打擾。我是你的支持者，我一直有拜讀你在網上寫的文章，我相信我們的想法很接近。那麼這一刻兄弟你一定跟我有同樣的感覺，覺得這場運動已經到了瓶頸，而政府想要趁此機會強行把運動壓下來，不擇手段。如果兄弟你跟我同樣擔心運動即將結束的話，我有一個計劃，我有一個方法能夠讓這場運動延續下去，令應該受到懲罰的人付出代價。我正在招募同路人，預定人數不多，只要五人實行計劃。假若你有興趣的話請聯絡在下，感激不盡。香港人加油！」

對方用戶名稱@ScotlandYard831，縱使沒有理據，但我想聽一下這個人的說法。

「你好，蘇格蘭場先生。此刻我的確抱有相同想法，想請教閣下見解。」

「你感興趣實在太好了。我現在正著手招募其他人，不如我們約定在明天晚上另開群組一起討論好嗎？」

我答應了。也許是陷阱，但用太空卡在網上討論應該不會留下足跡，足夠時間讓我判斷。於是第二天晚上，他準時邀請我到新開設的群組討論，組內剛好五人，看來已經招募了足夠人數。

「感謝各位準時前來，我相信大家都是爲了保護我們的家而努力，想做點什麼事。那容許我直截了當說清楚，我想計劃殺一個警察。」

「是……是來眞的嗎？」

「其實我邀請幾位的主要原因也是因爲你們上過前線，亦有在前線跟警察交過手。當然我要保密大家的身分不宜說太多，但你們心裡也一定想過要教訓黑警的吧？」

「可是也用不著要殺人？」

「警察早就想殺我們了，我們不過是還擊。」

「但殺了警察有什麼好處？」

「你們看看今早已經連不上LIHKG，全港最活躍的討論區他們要癱瘓就癱瘓，接下來政府一定會引用《緊急法》強行鎮壓運動。那運動終結以後呢？隨便翻看中國歷史，外族皇帝最喜歡就是一邊施行高壓，同時又用懷柔手段籠絡民心。到時候政府下台，新人上場，假意檢視五大訴求的話一切就完了。那時候就不會再有二百萬人跟我們一起爭取自由。」

「一切平復下來後就是綏靖和清鄉，這樣死去的戰友一定不會原諒我們。」

「時不再來，機不可失。只要有黑警被殺，政府就無法用懷柔手段收買人心，運動就能繼續，直至黎明來到的那一天。」

「什麼是革命？革命不是請客吃飯，不是那樣雅緻的。革命就是暴動。」

「先不說殺不殺狗，殺了之後你打算要流亡外國嗎？」

「只要沒有人知道誰幹的，我們就不用跑。」

「你有方法？」

「我已經完全掌握了一名警員的行蹤。八月三十一日，全香港都會陷入混亂，尤其是旺角，屆時我們就要令黑警付出代價。」

「所以我們需要見面？」

「直至下手當晚之前我們都不用見面，這樣也是保護大家。」

「那八月三十一日我們要找個地方集合。」

「其實我有個地方很適合在當晚作爲行動基地，你們知道有一間自修室專門接收手足暫住嗎？」

「咦？旺角的自修室？」

「我好像在別的群組看過。那負責人好像還認識在公園被殺的義士？」

「沒錯，就是那個共享自修工作間。因爲我放消息說那地方遭檢舉，現在都沒有人寄住。我有那自修室的鑰匙，如果說當晚在那裡集合有沒有人反對？」

「沒異議。」

「但我怎知道群組這裡有沒有黑警臥底？」

「所以爲了保護大家，我現在不會公布計劃，所有罪名都在我身上，跟你們無關。到當晚你們聽了我的解說後，如果不認同也能選擇退出，到時候我就當一切都是開玩笑，什麼都沒發生，大家就當做了場夢，正如這個群組待會也會刪除。」

「我願意打賭在你身上看看，反正我已經沒什麼東西能輸，如果你是黑警直接殺了你就好。」

「哈，這也不錯。」

「那先記得當晚約會的時間地點。」

「對了，我有一個提議，也是爲了隱藏大家的身分，當天我們不如戴著頭盔面罩見面吧。」

「不知到時候該怎樣稱呼呢？」

4

八月三十一日，晚上十點，旺角。

自修室內五位蒙面人，都是男性，基本互不認識，除了大家看見我的頭盔都好奇問我是否是那個象頭盔，我沒有否認，於是大家都以網上的動物頭像作稱呼。

會議開始前，大家互相搜身，亦交出手機財物放在桌上。我們的規則是不能偷拍、錄音，不想讓任何人冒上風險，來到自修室前大廈大堂和升降機的閉路電視都「處理」掉了，塗黑或破壞，總之不能留下任何痕跡。

這場甘願犯法都要實行的祕密會議，發起人是豬，豬在大家面前弄了一會手機，並道：「旺角警署報案室、深水埗報案室、紅磡站報案中心都確認暫停服務了。」

一位熱情的參與者是馬，馬說：「尖沙咀一帶已經清場，示威者轉戰旺角，相信旺角站關站也是時間問題。」

沒有主見的參與者是羊，羊說：「旺角這裡每次都是戰場，一如所料，很快就會變成孤島了吧。」

殺氣騰騰的參與者是狗，狗說：「這是殺狗的大好機會，所以能說明一下我們今晚的計劃了嗎？」

我是象，象說：「對呢，就算旺角變成孤島也不代表能夠完美犯罪，尤其今晚周圍都是警察和記者。」

「各位請稍安毋躁。我們今晚的目標人物是這個。」

接著豬用平板電腦展示出一名警察的資料。

姓名：王良摩

警察編號：2941

身分證號碼：AXXXXXX(A)

電話號碼：6260xxxx

出生日期：一九九七年十月四日

居住地址：九龍樂富XX擘XX樓XXXX室

出沒地點：黃大仙、樂富

父：王XX

母：劉XX

伴侶：無

就讀中學：XX中學

就讀大學：無
Facebook：wlm.10.4
Instagram：monsterHandyWong
Telegram：monWong

我驚訝：「不止有照片、住址、電話，就連身分證號碼都查得一清二楚。」
狗對我說：「而且這個人，不就是之前『象兄弟』說過的那警察嗎？」
我默默點頭，豬冷笑回應：「他死有餘辜，沒有人比他更適合當祭品了。」
羊附和讚成，馬冷靜插話問：「我對目標沒有興趣，我還是比較在意計劃內容。」
豬說：「事前我用另一身分接近目標人物，得知他因爲被禁止到前線執勤而相當不滿，並打算以喬裝方法在旺角警署外太子道西一帶獨行監視。」
我說：「調查得眞是徹底呢，就像有警隊內部消息那樣。」
豬二話不說便在錢包取出四張證件——
「警察委任證！」眾人異口同聲。
豬說：「雖然我是你們口中的黑警，但我已經跟你們坐在同一艘船上。」
語畢，他把委任證、身分證、護照、回鄉證分別收進四個鐵盒內，用掛鎖鎖上，並把鐵盒推了給我們。他說：「這就是我的抵押品，若然我出賣你們，你們就用盒內的東西指證我。雖然你們根本不用擔心，因爲所有行動的資料和證據都在我身上，你們在下手之前都跟我無關，甚至隨時退出我也不會怪你，亦不會知道你們是誰，反而你們現在就能用手上物證來告發我呢。」

狗爽快答：「不用再問了，我信你！」

其他人亦沒有異議，豬始終掌握著主導權，絕對是有備而來，而且感覺滴水不漏。豬一邊用手指敲檯一邊講解，今晚行動就等凌晨之後把目標人物引誘到太子道西其中一個地盤內殺死，然後堂堂正正地離開，一起回來自修室。豬已經做足資料搜集，沿路閉路電視都被示威者破壞，所以十分安全，不會留下蛛絲馬跡。

馬問：「爲何要等凌晨？」

豬答：「凌晨前示威者會跟警察打起來，太混亂太多變數。凌晨一點左右最理想，大概那時候只剩示威的餘波，比較能控制大局。」

我問：「凶器也準備好了？」

「就在地盤裡面。」豬站起來說：「別緊張，一切照我指示去辦就可以，很簡單。到時候我們一人一刀殺死目標，以後我們就是命運共同體了。」

馬、狗、羊都握緊拳頭支持，他們來之前早已下定決心要行動，唯獨我是例外。太奇怪了，眼前這個警察爲何要招募我們一同殺警？而且偏偏是王良摩，他正是柴進賢凶案的重要證人。

但其他人對豬都沒有懷疑，豬拍掌說：「距離行動還有兩、三個小時，自修室剛好有五個房間，大家可以先回房準備心情。正如我之前所說，我們知道對方的事情越少越好。」

於是這場奇怪的討論就這樣結束。因爲看不見其他人的臉，看不出他們的神情，但他們眞的要殺人嗎？

砰、砰、砰、砰。其餘四人取回私人物品後各自回房，剩下我對著四道關上的門思考。其實我今晚來的目的只有一個，就是要調查柴進賢的死。他的死已經不是個人問題，很不幸地當扯上警隊聲譽時就涉及公眾利益，我無法視而不見、袖手旁觀。

「慢著……不會吧？」

掠過眼前的警察委任證，警察編號4166，我在網上搜尋，結果顯示那個編號屬於黃大仙警署的一名高級督察，跟王良摩一樣。我瞬間明白一切了，原來他才是整件案件被收起來的最後一塊拼圖！

第七章

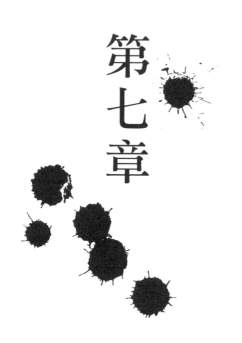

黎明之前

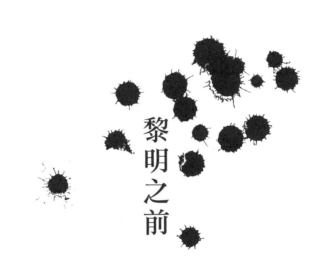

1

「好厲害！沒想到結局原來是這樣！」

「咦？妳看書很快呢。」

在速食店內，我把《The Hound of the Baskervilles》整本讀畢，坐在對面的那位大哥哥苦笑道：「原來已經三點鐘。抱歉呢，佩心，讓妳等了我家那笨小子這麼久。」

「不會啦，趙大哥你借給我的書很好看。沒想到犯人這麼狡滑，但福爾摩斯仍能識破他的詭計。」

「偵探要比犯人狡滑才行。」趙榛正笑問：「妳喜歡這本書嗎？」

「很喜歡，想看更多的偵探小說，不過有中文的話會容易讀一點。」

「有些故事還是要讀英文的才能感受到裡面的氣氛。妳比我老弟好得多了，他看見英文小說就掉頭跑，這不是很可惜嗎？不如這本書送給妳，說不定妳能夠薰染到他。」

「謝謝趙大哥！」

我馬上把書翻到底頁，用原子筆寫了我的名字──楚佩心。這時候櫥窗外阿國剛好回來，我馬上跟他哥哥道別，便跑出速食店牽著阿國一起走。

但阿國劈頭就愧疚道歉：「剛才跟我同組要寫報告的組員臨時找我，所以才晚來了，眞是抱歉。」

「是進賢哥他們嗎？」

阿國點頭微笑。「眞是受不了他，做任何事情都沒有計劃的，一味向前衝。」

「即使如此你們也是好朋友，對吧？」我說：「而且趙大哥人很好，他請我吃飯還送了一本書給我看……啊，我忘記拿了。」

「不要緊，下次妳來我家玩的時候再拿吧，反正暑假還很久。」

……

今天是二〇一九年暑假的最後一晚。我坐在大學宿舍的房間休息，隨手拿起在自修室取走的紀念品，翻到最後一頁，赫然看見我五年前親筆寫的名字。

爲何我當日忘記帶走的《The Hound of the Baskervilles》會出現在自修室的書架上？

「而且爲什麼又是趙大哥……」

我連忙拿起手機查詢自修室的注冊資料，但我的手一直在抖，還差點把電話摔在地上。一時間心亂如麻，除了趙大哥外還有朱建玄，朱建玄現在在哪？

我捉住自己的手按下朱建玄的名字，電話接通後一直響著，可是對面完全沒有反應，沒有人接聽。同時電視新聞正在直播晚上的多區示威，尖沙咀爆發大規模警民衝突，示威者一路往旺角撤退，又在路上堆起雜物焚燒，火勢在馬路中心燒到兩層樓的高度，還不時傳出爆炸聲。有消防車隨後趕到，但示威者似乎不願意讓消防員救火，因爲他們今晚要以烈火作盾，在鬧市中與警察對抗。

接著我又打電話到旺角自修室，接通後響了一下就立即掛斷——

「很不祥的預感……」

我連上實時地圖軟件[1]，只見旺角中心盡是白煙和爆炸圖示，外圍則是衝擊車和防暴警察的警告閃過不停，每次彈出浮動視窗都是一則警察行蹤的更新，他們已經包圍示威者，切斷地面交通，如今只有「黨鐵」[2]能前往旺角。

我立刻穿上鞋子就跑到九龍塘地鐵站，晚上十點半過後地鐵站內氣氛緊張，不時看見大批黃帽黑群手持盾牌湧進地鐵穿梭各區，有人支持，有人咒罵。不過那些黑衣人跟我剛好相反方向，因此我走進車廂後平靜得多，有少年少女倚在車門聊天，有推著嬰兒車的三代同堂，有情侶站在一角耳語，恍如走進另一世界。

我靠近車門一側站著，另一側有女聲打招呼：「咦？是佩心啊，眞巧。」

是兩位大學同學，我都不知道他們在交往中。「放心吧，我不會報導你們幽會的新聞。」

她幸福笑道：「我們是光明正大的呢。話說這麼晚，妳一個人要去哪裡？」

「只是找朋友而已，不用擔心。」

她語重心長說：「旺角好像打起來了，港區也很混亂。妳有看新聞嗎？剛剛夜晚九點有黑警假扮示威者被識破，於是朝天開槍驅散群眾。現在路過街上也可能會中流彈，妳也不要太拼了。」

「真的只是找朋友啦。」我裝笑說，雖然沒告訴她我的朋友就在旺角。朱建哥沒聽電話，自修室又有人掛線，如果自修室沒有發生什麼事情就最好了。但我內心的恐懼揮之不去，我明知可能會發生意外，但又一直祈禱不會發生。如果發生，那就是我遲疑不決的錯……

我們三人閒聊著，列車靠站打開車門，傳來的卻是突兀的警報聲。

1 實時地圖軟件：HKmap.live是網站和手機應用程式軟件，提供平台讓市民能夠在地圖上輸入實時資訊，標籤警察位置、什麼地方正在堵路、哪裡施放了催淚彈等等，以供參考。二〇一九年十月八日，中國官方傳媒《人民日報》發表文章批評蘋果公司為暴徒「護航」，其後蘋果把HKmap.live的應用程式從AppStore下架。

2 黨鐵：示威者對香港鐵路有限公司（港鐵公司）的蔑稱。在反修例運動初期，每當警察要清場時，很多示威者都會選乘港鐵離開。然而在二〇一九年八月二十一日，《人民日報》點名批評港鐵公司接載暴徒，自此以後每逢大型示威港鐵站都會局部停止服務、關閉車站、並協助警察拘捕乘客。示威者認為港鐵不再為香港人服務，因而改稱「港鐵」為「黨鐵」。

嗚——嗚——嗚——

「緊急廣播。由於發生嚴重事故，本站將會關閉。乘客必須立即離開——」

「緊急廣播。由於發生嚴重事故，本站將要關閉。乘客必須馬上離開——」

「This is an emergency. The station is closing because of a serious incident. Exit immediately……」

月台懸掛的顯示屏全部亮起紅燈，擴音器以三種語言不停重播。此刻月台上黑群成爲舞台焦點，他們有人開傘築陣，有人在傘陣下更衣，有人用雨傘拆毀站內閉路電視，唯一共通點都是神情慌張，如臨敵逃難，看得月台候車的乘客和車上的乘客都緊張起來，竊竊私語，但其實大家亦猜到發生什麼事情，畢竟地鐵正好停在旺角的太子站。

月台上黑群當中有喊聲：「齊上齊落，別停留在這裡！」

但緊急警笛響起，列車已經開門停站超過數分鐘，廣播只是呼籲大家盡快離開車站，誰都不能保證列車是否如常開出，車站職員與鼓譟的示威者發生口角亦只是避到控制室中，現場完全沒有職員能夠聯絡，一切已經失控。

「警察快要下來月台，我們先上車再說吧！」

於是有一群黑衣人湧進我們的車廂，我們只是盡量貼在車廂騰出空間，大家雖然不一定反對或支持黑群，但下意識都盡量保持了距離。畢竟這是很奇怪的狀況，在這一刻車廂中有一半人是剛好吃完晚飯回家，另一半卻剛從戰場回來，他們可能吃過橡膠子彈、可能差點被捕、可能曾與警察肉搏。截然不同的兩個世界剛好困在尚未開出的列車內，大家沉默不語。

突然我對面的黑衣人喊：「這班車是前往旺角，旺角已經被警察徵用封站，我們去旺角一定會死的！」

語畢他跑出車廂，同時轉角處猛然衝來幾十個機動部隊撞個正好！那些機動警察馬上用棍毆他雙腿並合力押他在地上拘捕，其他機動警察則散開不同方向追捕可疑的黑衣人，嚇得其餘乘客目瞪口呆、靠在牆上發抖。

但那些警察看起來很有目標，他們又是數十人跑到我們的車廂前，隔著車門舉槍指嚇車內眾人。

「你們冷靜啊！」

「黑警滾啦！」

「死蟑螂給我出來！」

其中一名警察手舞足蹈挑釁車內人群，卻被另一警察拍肩拉開。這時候車門終於關上，大家才鬆一口氣——

沒料到車門不足半秒又再打開，那些持槍的警察依然站在門外，不過他們放下長槍換了胡椒噴霧對準車廂亂噴，頓時譁然。有小孩大哭，有少年大罵，站在車廂前方的人紛紛打開雨傘擋著警察，此時車門又再關上——

但門外的警察依然在外虎視眈眈，甚至用警棍砸打關上的車門，砰砰聲與心臟和應。我們看見車門外的少年少女被警察壓在地上，我們都只有同一想法，就是要守住這個車卡（火車車廂），因爲我們知道車卡外面是地獄。

「老弱婦孺先走進車廂內，讓年青的人靠前！」

不知爲何，我們都認爲還有下一波的攻擊，覺得我們乘車已經是一種原罪，知道車外的人要來襲擊車上的人是理所當然。對上一次有相同感覺就是七二一的元朗恐襲。

未幾，車門再次打開，門外殺聲雷雷，我站在一角忘記了呼吸——

「不要打了！」

豈料悽厲聲從另一車卡傳來，對了，連接的車卡已經失守，警察入內更與乘客打鬥！雨傘很快就被警察打至變形、倒下，我們知道車內車外已被警察包圍，紛紛抱頭蹲下，或抱著孩子瑟縮一團。

腳步聲越跑越近，我認得那個警察的眼神，他邊揮棍打在我身旁的男生邊罵：「剛才我叫你出來你不出，就愛找死！」

另一警察揮棍：「臭婊子妳不是很囂張的嗎？啊？」

另一警察驅趕記者：「這裡有暴徒很危險，記者朋友請不要拍攝保護自己盡快離開！」

警察頭盔的戰術電筒燈光亂舞，哀鴻遍野，終於有其他警察拉走同袍，那些軍人撤退了，留下車廂血跡斑斑。

劫後餘生，大家雙腿發抖都站不起來，我的大學同學相擁嚎哭，明明在十分鐘前還是有說有笑的。這一刻我不能再逃避現實了，我應該明白有些警察早已經精神崩潰，更何況曾經患上躁鬱症的人。

陸續有記者湧進月台，但警察反而宣布車站已成犯罪現場，把記者逐出車站範圍，宣稱站內沒有傷者，把急救員鎖在站外。因此車廂內的人只能依靠自己，用紙巾、用護生綿、用尿片替傷者止血。有人血流披臉，大家一邊哭一邊互相安慰，不知再過多久列車才終於開出，離開這個人間煉獄。

2

十一點四十五分，距離換日只剩十五分鐘，但根據經驗踏入凌晨只會更加混亂；黎明前的夜晚是最黑暗的，我卻漸漸懷疑黎明是否一定會來臨，或者來臨的時候會不會已經太晚。

最後列車跳過了旺角站停在油麻地站，警察亦迅速封鎖了油麻地站，他們動用了最大的警力封鎖一切，我好不容易才回到地面，卻又是另一個戰場。

太子站發生的事件太震撼、太可怕，很多市民湧到站外包圍，有人跪在地上要求入站，有人說朋友在裡面失去聯絡，就結果而言場面變得更混亂，人民更憤怒。陸續有車輛到場增援、響號支援示威者，同仇敵愾指罵警察，這種場面旺角每個街頭也是一樣。

我跑到自修室附近的時候更看見有警察嘗試登上警車離開反被示威者包圍，於是警察下車向天開槍——砰！群眾尖叫亂竄，其中一名穿著黃色雨衣身上有強烈塑膠臭味的青年迎面撞來。

「抱、抱歉！」

青年抓緊帽子低頭跑走，看不見他的樣子，但我也沒時間理會他了。我逆著人流往自修室的商業大廈走，走到門口已經看見大堂的閉路電視只剩支架，腦海浮現兩個可能性：示威民眾曾路經此地拆毀，或這裡要發生什麼不能曝光的罪案。

我按下升降機6字，深呼吸後來到自修工作間的門前，按下門鈴，沒有人開門，但門後聽見有人聲討論。

「朱建哥在裡面嗎？抑或有其他人？我聽見裡面有人，快開門好嗎？」

但沒想過，半開門探頭出來的人是個矮個子，像是中學生但戴了面罩安全帽，看不見樣子。他問：「小姐妳是誰？」

「啊啊——！」

矮個子緊張回頭，皆因聽見自修室內有人嘶聲慘叫！

我喊：「快開門！裡面發生什麼事了!?」

我拉開了門跑到裡面，發現自修室有三個同樣蒙面的黑衣人，他們站在其中一間私人休息室的門外，面面相覷。

「是這間房嗎？」我跑上前企圖開門，沒有上鎖，但被什麼東西擋在門後，只能推開一道縫隙。

「朱建哥在裡面嗎？不回應的話我就進來啦！」

後面的黑衣人說：「小心……」

但顧不了這麼多，我用力推開房門，最先映入眼簾的是趙大哥倒在窗前的屍體——滿頭鮮血，周圍牆上都是血跡，只能用屍體形容。那擋在門後的是什麼？

我戰戰兢兢踏進房內，回看門後的「東西」，見到是倒臥牆上腹部滲血的朱建玄。

「死、死人了！」三名黑衣人走近房門不敢察看，但說起來趙大哥跟朱建玄和他們三人都是一身黑衣裝束。

我追問：「你們是誰？誰殺死了裡面的人？」

「我、我們什麼都不知道，不是我們殺的啊！」

「對啊，我們也是剛剛才見到屍體，之前我們沒有進房不知裡面發生什麼事情！」

「小姐妳才是什麼人呢？爲什麼突然上來這裡？」

「大家安靜！」其中一人全身顫抖，彎低身子輕聲說：「你們聽見嗎？外面有升降機的聲音。」

對了，我們還放著自修室的門沒關，大家屏息靜氣，終於人影出現，又是個意想不到的人。

「咦？」青年說：「這裡這麼熱鬧？你們是朱建玄的朋友嗎？」

我答：「我認得你，你是朱建哥的同學，王良摩是吧？」

身後三個黑衣人訝異，口齒不清說：「王、王良摩……警察的那個？」

但有另外的東西吸引了王良摩的注意，他聞了一聞，便走向休息室，驚呼：「趙Sir！朱建玄！」然後他殺氣騰騰的回頭質問我們：「是誰殺死他們？是你？是妳？我要馬上拘捕你們！」

「冷靜點！」我答：「朱建玄可能還沒死啊，我們先叫救護車吧！」

王良摩怒目望了我一眼，然後回頭蹲下檢查倒地的朱建玄與趙榛正；趙榛正已經沒有呼吸，朱建玄尚有脈搏。

先不管發生什麼事，人命關天，王良摩嘗試打電話報警卻沒有打通，只好打電話到消防處召喚救護車，不過路面混亂看來會比平日更花時間，而且警察因應戰術需求亦可能不讓救護車駛入封鎖範圍。於是電話對面的救護員隔空指示王良摩先行替傷者急救止血，而我則回到案發現場仔細觀看室內環境，用電話記錄下來。

房門沒有上鎖，但朱建玄倒臥在門前擋住了房門。

在朱建玄倒下的地點大約四米外，趙榛正就面對面的倒臥在窗前的書桌旁邊。

趙榛正全身浴血，血濺到房裡每一角落，牆上一片血紅，以出血量來看相信是頸動脈被割斷了，是即死。除頸部外，他的肩膀亦有明顯傷痕，流很多血。

相反朱建玄只有腹部染有血跡，鮮血一直流到大腿，但上半身和臉上都沒有半點血跡。

然後有十分不利的物證，朱建玄昏倒的同時手握著一把染有血跡的匕首，很可能是凶器。

至於趙榛正倒臥的地方十分凌亂，桌上的文具擺設散落一地，還有滿地玻璃碎片，房間的玻璃窗爛了半邊，也許之前曾發生爭執和衝突。

玻璃碎片亦染成紅色，不過玻璃表面沒有沾血，好像意味著什麼。

地板上還有兩個染血安全帽和口罩，其中一個安全帽上貼有象貼紙。

「喂，妳在幹什麼？」王良摩替朱建玄包紮傷口後，站起來責問我。

「我只是在研究這裡發生什麼事情罷了。」

「發生什麼不是一目了然？這兩個人發生爭執，朱建玄持刀殺死了趙Sir。凶器都在他手裡還會有錯？」

「認爲他是凶手，卻對他很不錯呢。」

「不能讓他如此便宜死去，一定要他接受法律制裁。」

「但我不認爲是朱建玄殺死了趙大哥。你看趙大哥全身都是血，血跡濺到房間每個角落都有，偏偏朱建玄的上半身是這樣清白沒有半點血，這不可能。」

王良摩駁：「二人中間相隔了三、四米，碰巧沒有濺血到上半身也不奇怪。」

「不，匕首還在朱建玄手上，我們假設他用匕首殺死趙大哥的話必然是至近距離，不可能沒有濺血。」

王良摩交叉手臂沉思，他同意了我的觀點，但還是不願意接受。「如果不是朱建玄殺死趙Sir的話，你們嫌疑就最大。尤其這三個黑衣人，你們在這裡做過什麼？」

三人搖頭答：「不能說，但二人不是我們殺的。」「尤其是象兄弟我們怎會傷害他。」「二人對我們來說不是敵人，更像戰友。」

「象兄弟……」王良摩一怔，再盯著我問：「那就是妳囉？妳爲什麼會出現在這裡？」

「我也可以懷疑你啊？你問人家之前先說自己爲何出現在這裡？」

「是朱建玄叫我來的，說有人想殺死我。」

「要殺死你？」我想了一會，這樣所有事情好像都能解釋。「其實我一直在跟朱建玄調查柴進賢的案件。今晚我正是有不好的預感，感覺自修室會出意外才趕來的。」

王良摩生氣說：「一派胡言！那案件跟現在無關！而且都已經結案，凶手證據確鑿妳還想狡辯什麼！」

「確實下手的人是張軍洋，他犯下無可爭議的謀殺罪，但那不過是整件凶案的一半，還有另一半你是不知道的。」我說：「有個眞凶躲在背後，他巧妙地設下陷阱誘導張軍洋殺人。」

「那是妳憑空想像的犯人，現實張軍洋否認了受任何人指使。」

「不，我有證據。你應該知道柴進賢死前每天都收到恐嚇訊息吧？」我打開手機的筆記，把發訊人的全部三十二個電話號碼逐一唸出，並道：「凶手張軍洋，若你們警方看過他的電話內容，應該發現他加入了一個百人群組，而且上面三十二個電話號碼全部都在群組內！這分明是有人利用不同號碼製造『分身』，在該群組來鼓吹仇恨，誘導張軍洋殺害了柴進賢。」

譚瑋（6582xxxx）：黑衣蟑螂又在旺角搗亂了。

6582xxxx：收手吧，柴進賢——18Jun19, 4:00am

張綺華（6511xxxx）：他們爲何要破壞香港？什麼時候那些蟑螂才會收手！

6511xxxx：收手吧，柴進賢——22Jun19, 4:00am

陳超（6171xxxx）：那些港獨蟑螂又在上水打大陸人了！中國有什麼不好？現在中國越來越先進，香港越來越落後！

6171xxxx：收手吧，柴進賢——14Jun19, 4:00am

李漢球（6818xxxx）：你們知道在黃大仙摩士公園有港獨份子貼了連儂牆嗎？他們把港獨文宣和汽油彈都收在公廁內，準備下次示威襲擊警察。

6818xxxx：柴進賢，我知道你闖入立法會，這是最後通牒——2Jul19, 4:00am

曾麗英（6693xxxx）：我也收到別人的訊息。暴徒已經起底，是個無腦的大學生，叫做柴進賢。附圖還有他的照片。

6693xxxx：收手吧，柴進賢——17Jun19, 4:00am

王良摩看了一會資料，答：「的確很有可能是同一個人在群組內『帶風向』，但要說那個人才是眞凶這樣太牽強。而且說幾句話眞的能夠控制其他人按照自己的意圖在指定時間殺死另一個指定的人嗎？柴進賢又不是出名的人，不像其他泛民政客會被盯上。」

「可以的，只需要兩套道具：手機與擴音器，還有寫滿個人資料的起底海報。」

假設的問題都已經找到答案，時機已經成熟，我把我的猜想完整地告訴王良摩。

張軍洋殺害柴進賢，整件事乍看來只是宗仇恨犯罪，然而一切都並非偶然，是人爲安排。事件起因是柴進賢被逐出家門，根據他死前網上留言，是有個人不斷向他父母告密，始令柴父柴母無法忍受而選擇在出門當日更換門鎖趕柴進賢離開。

「那個人」我們姑且稱他爲眞凶。

眞凶認識柴進賢的父母，還跟蹤了柴進賢好一段日子；除了偷拍柴進賢參與運動的照片外，對柴進賢的行爲習慣亦瞭如指掌，知道他當晚無家可歸會到公園過夜，就像中學時遇到不開心的事情亦會到公園呆坐一樣。

接著眞凶需要把柴進賢留在公園裡，原因有二：一是把犯案時間拖至夜深，夜深人靜沒有途人便能減低犯錯機會；二是要控制犯案時眞凶有不在場證據，以達成「遙距殺人」的目的。我們知道柴進賢停留在公園時有在網上討論版留言，這就爲眞凶提供了機會，讓他在網上纏著柴進賢聊天，一直聊至凌晨三點鐘。

凌晨三點鐘，有證供指公園內傳出吵鬧人聲，那就是第一件法寶出場的時候。眞凶預先在公園的公廁內放置一支手機和擴音器，設定凌晨三點響鬧，也許是喊出口號之類，用以吸引柴進賢走進公廁內。差不多同一時間，眞凶寄訊息往群組，張軍洋看見訊息，知道柴進賢又在公園內偷偷張貼海報，便義憤塡膺前往公園。然後他在公廁外看見那海報居然還寫滿自己的個人私隱：姓名、電話、住址、家人資料等等；張軍洋感到自己被針對，再也控制不了自己，一時衝動下便殺死了柴進賢，這就是整件案的經過。

王良摩聽後不以爲然，他說：「太牽強，尤其是關鍵的殺人部分，怎能夠在群組說幾句就能慫恿到張軍洋殺害柴進賢？」

「你說得沒錯。而且犯案時機一瞬即逝，如果張軍洋不爲所動，那麼之前設計的所有東西都會全功盡費。完美的遙距殺人計劃需要依賴運氣才能夠完成——這樣顯然說不過去。」我問王良摩：「正如我現在給你三顆骰，你有信心自己能一定擲出圍骰嗎？」

「當然不可能。」

「如果給你擲五十次呢？」我答：「圍骰的機率是三十六分之一，大約是三%。但連續擲五十次的話，至少擲出一次圍骰的機率是接近八成，出現圍骰的機會比不出現的高很多。」

所以我才說眞凶沒有直接發訊息給張軍洋，而是傳往他的百人群組；只要一個人響應，眞凶就算成功。公廁外的連儂牆也是一樣，那裡能貼五十張以上的海報，但並非全部海報都是貼了張軍洋的個人資料，而是貼滿超過五十人的個人資料，牆上任何一人來到現場都會因爲自己被「起底」而惱羞成怒。

再說，那個群組的人全部都是經過精心挑選。張軍洋、權叔、江伯，他們三人都住在黃大仙區附近、擁有鮮明甚至接近極端的政治立場、都有暴力傾向甚至傷人的前科。權叔和江伯二人都是夜班工作，張軍洋暫時失業，但他們三人都活躍在晚上，夜深就是最好的犯案時間。

「——換言之眞凶當晚準備了五十個殺手，他發一個短訊等於意圖殺害柴進賢五十次。」

王良摩聽見我的分析，終於有所動搖，問：「說了這麼久，妳認爲眞凶是誰？」

「熟識周圍環境，能避開所有閉路電視前往公園，預先在當晚設置手機和連儂牆，案發後又能避過鏡頭回收擴音器和連儂牆的人。重點是那個人能夠輕易找出五十名擁有案底、看起來容易衝動犯罪的黃大仙區住客。你認為眞凶是什麼職業？」

不理會王良摩搖頭，我續說：「案發後眞凶回到現場還做了兩件事：一是清理了充滿挑釁性的公廁外的連儂牆；二是回收了廁所內的擴音器，藉以模糊案件眞相。同時他又做了兩件事嫁禍凶手和詆毀死者：一是把原先用作響鬧的手機桌面換成張軍洋的照片，令人以為凶案現場找到的手機就是張軍洋所有。當然要做到這一點，眞凶必須首先知道是張軍洋響應號召殺人，也許當時張軍洋有在群組回應，又或者當他走到公廁看見自己的海報就獨獨撕掉屬於自己的海報，任何一個行為都是告訴眞凶，凶手就是張軍洋。另外，眞凶還做了另一件事，就是呼應自己穿黑衣假裝柴進賢買啤酒喝的伏線，眞凶在柴進賢的屍體用針筒注射了酒精，把他塑造成一個酗酒失常的黑衣人。你猜猜什麼人會這樣做？不但取他性命，還要謀殺他的人格。」

王良摩只管搖頭，拒絕接受我所說的，但我還有一個決定性的證據。

我告訴王良摩：「其實你當晚也有做過類似的吧？你也知道朱建玄能洞識你的謊言，那麼身為第一發現人的你究竟說了什麼謊，讓我來猜猜看好嗎？在柴進賢身上找到的大麻花，根本不是柴進賢的，而是你把大麻塞進他的褲袋內，我說得沒錯吧？」

王良摩睜大雙眼，想必是我猜對了。「那我再多猜一件事，猜猜為何有人想殺死你。正是你發現柴進賢和張軍洋都沒有抽大麻的習慣，你開始懷疑當晚在地上撿到的大麻花是屬於別人的，甚至懷疑案發現場出現了第三者。因此你調查大麻花的事，卻被人發現了。那個人，不就是眞凶嗎？能夠早於你到達現場的第三者，在對屍體動手腳時不愼掉下一包大麻花，卻被你把它塞進柴進賢身上。」

王良摩眼神游離，喃喃自語：「知道我調查大麻花的事……那個人……」

「我幫你塡充那個人的名字——趙榛正，就是躺在這裡的死者。」

「爲什麼!?爲何趙Sir非要殺死柴進賢不可？」

「趙大哥有個弟弟，他的弟弟與柴進賢曾經是很要好的中學同學，但在中學文憑試的放榜前夕，他弟弟自殺了，而柴進賢則順利考上心儀的大學繼續他光明的前途。趙大哥很疼他的弟弟，弟弟自殺的事對趙大哥打擊很大，有一段長時間還要接受警隊內部的心理輔導，直至康復後才調職駐守黃大仙警署。我是認爲……也許這個夏天的種種事情使趙大哥精神崩潰，又再胡思亂想……他要抽大麻減壓也可能是這個原因。我猜他屋內一定能搜出大麻花和相關抽大麻的工具。」

王良摩怒罵：「妳胡說！趙大哥怎會是個瘋子，妳在誣蔑一個已逝之人！」

「你好歹給我承認吧！這幾個月每天都有騷亂，每天都有子彈橫飛，每天都有人被捕，每天都有人持刀互罵，你以爲在這個不正常的社會下有多少人能夠保持正常？我們都已經回不了頭，香港已經不可能是半年前的香港。」

「——她猜得沒錯。」一位黑衣人插話說：「我們和象兄弟和姓趙的警察今晚聚首這裡，就是計劃要殺死你，王良摩。」

3

三個黑衣人各自拿出三個盒子，解說裡面有趙榛正的身分證明文件，而鎖匙就在凶案現場散落一地的文具當中。王良摩阻止了三人拿取鎖匙，想盡量保留環境證物，同時也相信了三人所言，反正要是他們說謊也太容易揭穿，就當他們手上眞的有趙Sir的證明文件吧，那又代表什麼？

黑衣人答：「正是趙Sir招募我們三人和象兄弟前來的。趙Sir是今晚的事情的主謀，他掌握了你今晚的行蹤，並安排在太子道西一個建築地盤將你殺死。」

另一黑衣人小聲說：「結、結果我們還沒做過什麼，這樣不算是犯罪吧？而且一切都是趙Sir策劃出來的。」

王良摩嘆道：「眞不敢相信趙Sir會爲了保住自己企圖把我滅口，這不是眞的。」

我搖頭說：「趙大哥並非爲了保住自己，不然也不會對其他人公開自己身分，還把委任證等交給他們保管。因此，趙大哥這樣做只是想保住警隊名聲，不能讓其他人知道警察殺了人，也不能讓其他人知道有警察栽贓嫁禍。因此，王良摩，你是兩件事的關鍵人物，是趙大哥的頭號眼中釘；至於朱建玄，如果趙大哥知道他跟我一起調查案件的話，也很有可能會把他視爲眼中釘，會想辦法除去他。」

「可是結果趙Sir死了，朱建玄反而沒死，到底是怎麼一回事？」

看見躺在牆邊的朱建玄面色蒼白，幸運保住了呼吸，應該只是失血過多或因爲劇痛而昏倒罷了，沒生命危險。趁救護車來之前，我要想辦法解決眼前最後一個謎團。

此時黑衣人輪流作供：「我也不知道房內發生什麼事。我們今晚十點鐘在自修室商量殺警，決定於凌晨行動，然後就各自回房休息了，那時候大概十點半前後吧。」

「休息期間房外確實傳出過雜聲，但我根本沒心情理會，畢竟待會就要殺人了。回想起來還是有點害怕。」

「直至可能過了半個小時左右，趙Sir的房間突然傳來巨響，現在看應該是玻璃窗爆裂的聲音。總之我們三人聽見響聲便立即跑到趙Sir房外，當時裡面有人聲，於是我們敲門問發生什麼事，卻得不到回應，嘗試推門但門被重物卡住了。」

「正當我們不知所措的時候，突然有人按門鈴，還大聲叫喊，眞的嚇了我們一跳。」

「我沒多想便打開了門，便就看見這位小姐進來。」

我說：「我來的時候聽見趙大哥房間傳來慘叫人聲，我情急之下強行推開了房門，看見凶案現場的這模樣。沒多久，王良摩你就出現了。你說你是收到朱建玄的提示電話才來，那是什麼時候的事？」

王良摩查看手機，答道：「嚴格來說不是朱建玄提醒我的。今晚我的手機響過兩次，第一次是一個陌生號碼傳來一則短訊，警告今晚有人要對我不利，那時候是十點三十五分。五分鐘後，朱建玄打電話來，竟是質問我是否在調查他。我就想明明是他先發警告短訊卻賊喊捉賊，於是我們吵了起來，最後相約在自修室見面對質，掛線時剛好十點五十分。」

十點五十分，跟自修室的人各自回房的時間相若。而且只有他們最清楚有人要加害王良摩，那麼發訊提醒王良摩的人很可能就是自修室的五個人其中一個。

王良摩問黑衣人：「你們計劃要殺死我，是什麼時候決定的？」

其中一名黑衣人答：「再說一次不是我們要殺死你的，是趙Sir。事前我們隱約知道要計劃殺警報仇，但直到今晚我們才知道下手的目標是你。」

「那我就明白了。」王良摩說：「朱建玄不知何時也淪落到跟暴徒一夥，但當他知道目標人物是我的時候還是動了惻隱之心，在討論結束後就發訊提醒我，還打電話叫我來揭發此事。可惜他還是改不了暴徒的性格，獨自跟趙Sir對質一時衝動就跟趙Sir打起來，還打爛了玻璃窗，那就是他們二人打鬥的痕跡吧？雖然不知道凶刀是誰的，又不知道誰先動手，但結果朱建玄用匕首殺死了趙Sir，那就是你們聽見的慘叫聲，最後朱建玄自知無法逃脫，就躺在門前暈倒了。」

「朱建玄不是你的中學同學嗎？爲什麼口口聲聲叫他做暴徒呢？我雖然跟朱建哥認識不久，但我不相信他是個會殺人的人。」

不過王良摩立場非常堅定。「再說一遍凶刀就在朱建玄手上，而且他們爭執的時候房內就只有他們兩人，不是朱建玄殺難道是趙 Sir 自殺？」

對了，玻璃窗爆破後其他人隨即趕到門外，而休息室沒有第二道門，更不可能從六樓爬窗離開；就算是蜘蛛人，樓下這麼多群眾一定會有人發現。所以就只剩下趙大哥自殺的可能性？但凶器在朱建玄手上……咦？看見桌上放著防水噴霧，這間房是我之前暫住的房間？還有噴霧旁邊反光的小東西是……

「怎麼了？妳終於無話可說了嗎？」

「才不是！」我絞盡腦汁反駁：「雖說密室內只有二人，不是朱建玄殺害趙大哥就是趙大哥自殺的。但你想想我一開始說過的話，趙大哥計劃把你殺死，目的不是要保護自己，而是保護警隊的名聲。然而他在行動前卻對四人坦白自己的身分，這不就給人警察的把柄了嗎？那麼他的解決方法只有兩個，一是完事後把其餘四人全部滅口，二是想辦法自殺並嫁禍給其餘四人，所以趙大哥自殺是有可能的啊！這樣也能解釋朱建玄上半身沒有濺血！」

王良摩瞪眼問：「妳認為趙Sir甚至不惜性命都要陷害那些黑衣人？」

「我只知道假如法庭認為真的是黑衣人殺死了趙大哥的話，這可是重罪。你知道這間自修室的業主是誰？朱建玄幫同學打理自修室，但他的同學也只是租客，背後的業主恰好是趙大哥。要是黑衣人殺死了趙大哥，翌日新聞頭條就是黑衣暴徒於旺角一帶堵路，深夜強闖商廈殺死休班警察，這是十惡不赦的罪名，不能妄下判斷！」

「要是這樣也是朱建玄自找的。只要暴徒嚐過用暴力得來的成果，他們以後遇到什麼困難也會用暴力解決。」

「所以朱建哥沒有殺人！」我周圍看，尋找其他的可能性……終於讓我找到解決問題的突破口。我喊道：「真正的凶器就在地上，你還看不見嗎？」

「地上，妳說那些玻璃碎片才是凶器？但那些碎片看起來一點都不像刃器，又零碎。」

「因為凶器用完之後把它摔爛啊！假如原本有一塊刃狀的玻璃碎片，我站在桌上用它來自殺，自殺後屍體和玻璃刃同時摔在地上，這樣玻璃刃就會消失在其他玻璃碎片當中！」

「妳說得越來越誇張了！憑什麼認為趙Sir非要用這種奇怪手段誣陷朱建玄不可？再者那些玻璃根本沒怎沾血啊，跟朱建玄手上的凶刀可差得遠。」

「不，至少世上有一種刃器是不容易沾血的，就是手術刀。因爲人體組織和血液難免會帶有病菌，做過疏水處理的手術刀不易沾血，能大幅減低手術造成感染的機會。同樣疏水處理亦可應用在玻璃刃上，正好房間內就有一支防水噴霧啊！」

我不理會王良摩的喝止跑到桌前拿起了防水噴霧，同時門外傳來人聲，救護員終於到了。他們問傷者在哪，我連忙搶在他們面前大叫：「聽我的總結！這裡曾發生打鬥，因爲朱建玄識破了趙大哥的計劃便在房內大打出手，還砸爛了玻璃窗！但最後趙大哥用刀刺傷了朱建玄，朱建玄倒在地上暈倒，然後趙大哥就嘗試嫁禍給他。他首先用同樣的匕首刺在自己肩上，並讓朱建玄握著染有自己血跡的刃器，最後自己則用噴過防水噴霧的玻璃刃站在桌上自殺，殺死自己連同玻璃刃一同摔破毀滅證據！」

王良摩不耐煩推開了我讓救護員抬走朱建玄，但我還沒有把話說完。

「總之朱建玄你沒有殺死趙大哥，不要承認自己沒犯過的罪啊！朱建玄你聽見嗎？」

朱建玄沒有回應，只是睡在擔架床上，被救護員推走了。

4

夏天過去，朱建玄被控以謀殺罪，但基於他身上沒有沾有死者血跡的疑點、還有玻璃窗被驗出曾經噴上防水噴霧的事實，疑點利益歸於被告，陪審團一致裁定朱建玄謀殺罪名不成立，當庭釋放。漫長的黑夜總算告一段落，總算沒白費我編纂出來的故事。

最後的信

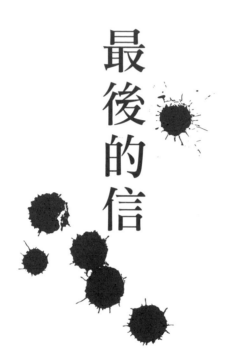

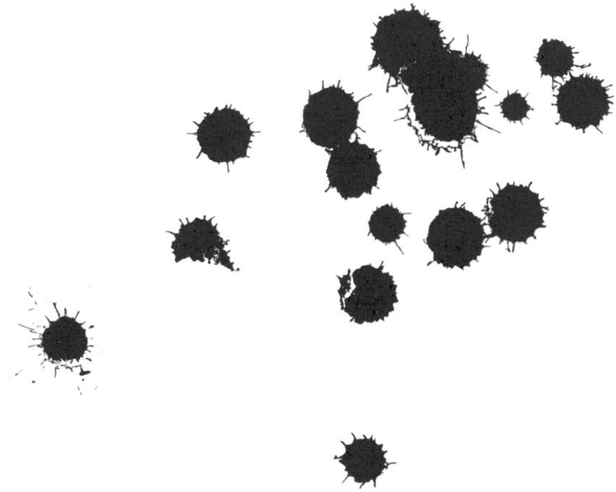

親愛的父母：

很久沒寫信了，沒想到第一次給你們寫信是這封遺書……不懂如何下筆，就像小時候看電影的台詞，當你們收到這封信的時候大概我已經不在人世。很奇怪的感覺，幾個月前我才剛大學畢業，還記得當初考上大學你們高興的樣子，期待我畢業的樣子，但我很抱歉，我無法成爲你們所期待的人。現在我說什麼也沒用，但至少我想告訴你們我的想法。

我很喜歡香港。上網跟其他國家的玩家組隊玩遊戲時，我經常告訴他們：「若有機會一定要來香港玩。香港有全球最美麗的夜景，有世界各國的美食。雖然香港人看起來不太友善，但都沒有惡意的。香港是東西交匯之地，香港人繼承了東方人敦厚老實的外表，同時內心擁有西方人的熱情。香港是一個大熔爐，不同的文化、特色共冶一爐，五光十色才是香港的顏色。你不會找到別的大都會像香港這樣，鬧市當中保留著引以爲傲的郊野公園；一邊擁有世上最繁忙的貨櫃碼頭，另一邊則是受國際公約保護的濕地公園。你來香港的話，我可以帶你去吃點心，帶你去看舞火龍，帶你逛廟街感受香港的獨特氣息……」

但一切好像是已經褪色的舊照片。現在香港的街景是什麼？我不肯定，我只知道每個周末香港每條街道都站滿防暴警察，荷槍實彈隨時開火的模樣。警察能肆意進入商場拘捕市民，警察能隨便命令市民逐一跪下搜身，這令我感到很羞恥。有影片看見警察二話不說就把一個外國婦女推到地上，沒有道歉還要罵她，看完之後我再也不敢叫朋友來香港玩，甚至朋友都問我要不要離開香港。

爲什麼會變成這樣的？我不清楚。我只是有個想法，我們住在這裡一定都很喜歡我們的家——香港。究竟是什麼原因，令到兩邊同樣愛香港的人走上不同的路，甚至是敵對的路上？我不知道。我唯一能夠肯定的是，我是用自己的意志站到抗爭的最前線上，而非收了錢或者被人洗腦。或者說要是我被洗腦的話，我也只是一直遵照你們小時候的教誨，要堅持做對的事，見到不對的事情要出來指責，做個正直的人。我拿過磚頭丟警察，拆過鐵馬堵路，我做了犯法的事，或者做了錯的事，但至少我沒有背棄你們的教誨，我是這樣認爲的。

爸，你是國文老師，我最尊敬的國文老師。記得中學國文其中一課教導儒家精神，仁者應當「先天下之憂而憂，後天下之樂而樂」。我們不是搗亂和平盛世，而是這個社會早已金玉其外，敗絮其中；我們是憂於未形，恐於未熾，寧鳴而死，不默而生。祖父輩因爲害怕國內動盪才逃難來到香港，但我們這代生於香港不想放棄自己的家，更不願看見下一代人成爲奴隸永遠失去自由，所以我想光復香港，我想時代革命。

媽，我知道妳只想香港回復當初平平安安，不要有暴動。可能妳會問，擲磚頭跟我們追求的公義有什麼關係？坦白來說，眞的沒很大關係。假如有其他方法的話我們也會去嘗試。但一切已經回不了頭，就像警察越來越憎恨我們，恨不得開槍殺死我們一樣，也許從某刻開始我們都被惡魔附體了。我好迷茫，但我不能拋下我的同伴，那些只有十三、四歲的就像我親弟弟一樣，我不能眼睜睜看著他們爲我而坐牢或受皮肉之苦。就算是螳臂擋車我們也要堅持，我們不是看見希望才選擇堅持，而是因爲相信堅持才能夠看見希望。

大概就是這樣。我想再怎麼和睦的家庭也會吵架吧？就是因爲最親近的人才會容易吵架，有時還會吵得面紅耳赤，但我相信最終大家也能和好如初，雖然我已經看不見那一天的來臨。正是因爲無法看見，堅持相信才更有意義，這樣說會很奇怪嗎？

越說越亂了，但其實我不是要說服你們什麼，我只是想把這些一直無法親口告訴你們的想法一併說出來而已。最近每次見面都會怒上心頭，也許見不到面以書信形式更容易理解吧？

希望你們看完這封信之後，不會認爲我是個丟柴家臉的人。

對不起。今世無法盡孝，來生再報。

不孝兒

進賢敬上

二〇一九年七月十五日

最終章

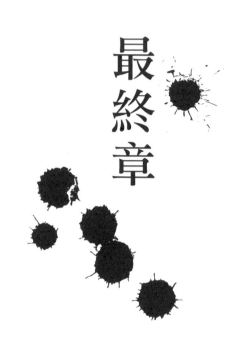

煲底

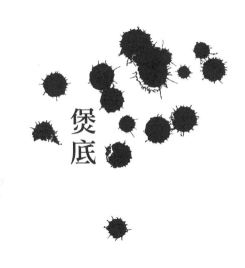

寧化飛灰，不作浮塵。
寧投熊熊烈火，光盡而滅；
不伴寂寂朽木，默然同腐。
寧為耀目流星，迸發萬丈光芒；
不羨永恒星體，悠悠沉睡終古。[1]

香港夜空最令人失望是看不見星星，光污染太嚴重了，即使冬天也看不見冬季星座，只有摩天大樓的聖誕燈飾點綴著鬧市的夜晚。

「你真是個笨蛋呢！」女孩穿上紅色長大衣，頭戴冷帽，很有節日氣氛的舉罐笑道：「為笨蛋重獲自由乾杯！」

楚佩心，無時無刻都在笑著的女孩子。今晚我們相約在煲底，說是為我無罪釋放而慶祝。

我說：「雖然都是托妳楚小姐的鴻福。」

「呵呵，不過我這個記者好像當不成了。」楚佩心偷看我的臉，馬上糾正說：「我可不是為了你才說謊的，我只是為了切斷這條沒完沒了的仇恨鏈。」

「仇恨鏈嗎？」

她反問：「你不這麼認為嗎？市民罵警察一句黑警，警察回罵市民一句蟑螂；市民用雷射筆照警察，警察用更強力的雷射電筒照市民；市民拿起雨傘還擊，警察用警棍毆打；市民向警察擲磚，警察馬上開槍回敬；市民開始扔燃燒瓶了，警察也開始用實彈鎮壓。這樣沒完沒了，直至最終有一方完全消滅爲止吧？明明只有當權的人才有能力平息事件，這樣看誰在製造仇恨，誰需要製造仇恨，誰爲何要製造仇恨，都是顯而易見的。有時候假如你能夠冷靜下來，回頭細看，那些仇恨本來就不應該存在。

「趙大哥的事情也是一樣。五年前雨傘革命確實令到不少親人朋友反目成仇，阿國也因爲對政治不熱衷所以跟同學沒有話題，但我們絕對沒有杯葛他。只不過因爲要考大學的公開試，大家見面少了，到最後沒察覺阿國承受不了考試壓力而自殺，這件事我們也很內疚。趙大哥最內疚，所以他才需接受心理輔導，不過他肯定知道阿國的死跟進賢哥無關的。然而今年夏天，熟識的畫面扭曲了趙大哥的記憶，虛構的記憶製造出虛構的仇恨，結果導致進賢哥被殺死了……這不是很可悲嗎？所以我想進賢哥和趙大哥的恩怨伴隨二人埋在土裡就好。」

語畢，雖然楚佩心依舊保持微笑，但氣氛卻笑不出來。

1《傑克．倫敦的信條》：末任港督彭定康在任內發表最後一份施政報告，曾以美國作家傑克．倫敦的信條形容香港人。

我換個話題問她：「那麼妳是何時發現我的『謊言』？」

「哦，那個嘛，我們以爲當晚發生的事情是這樣：休息室內你們打架，還打爛了玻璃窗，引來其他人守在門外，而趙大哥則死於房內。這樣的話犯人不是你就是趙大哥。但這個假設有兩個根本性的錯誤。首先是地上的玻璃碎片，很多都是壓在趙大哥的血上，表面卻沒有血跡。就算能用疏水性說過去，也無法解釋爲何玻璃碎片底下有血，所以更直接的解釋不就是趙大哥死後玻璃才碎裂嗎？」

我點頭追問：「那爲什麼趙榛正死後玻璃窗會碎裂？」

「這個。」楚佩心把當日在桌上收起來的反光的東西展示給我看，是一顆九毫米子彈。她說：「完全無關的事，但同一時間在自修室的樓下有警員向天開槍，眼界不太好，手伸得不太直，就打中六樓的玻璃窗了。所以說，玻璃窗破裂的時候房內沒有發生爭執，趙大哥死的時間要在我和那幾個黑衣人趕到門外以前，那時候沒有人守門，凶案現場不再是密室，自然不能排除有第三者的可能性。」

楚佩心問：「所以眞正的象頭盔是誰？你怎樣看都不像是象頭盔，你是比較偏向笨的那邊。」

無法生她的氣，我只好把當晚的記憶原原本本地告訴她。

那一晚我發現我的電郵有被入侵過的痕跡，第一時間就想起王良摩，於是打電話質問他。但王良摩毫不知情，我們兩個吵了起來，剛好我們都在旺角，我借勢約他在自修室當面對質，說不定還可以利用我的「能力」問出一些線索。

掛線後，當我來到自修室門前，卻發現早已有人在裡面。我放輕腳步，靜靜地推開大門、房門，就在案發現場，我看見一個少年握著匕首全身顫抖靠在牆上六神無主，還有一具屍體躺在窗前全身都是血。那少年口齒不清，只是說趙榛正想殺死朱建玄，卻在千鈞一髮間搶過匕首反過來殺死趙榛正。本來是難以理解的句子，但我看見地上的象貼紙的安全帽，我便猜到發生什麼事。

之前有位自稱 Elepant 的人在網上點名直斥王良摩說謊，我就在想，為何 Elepant 會知道他說謊的事情。這事理應只有我和楚佩心知道，但原來我還忘記了一個人，那就是同樣暫住在自修室的孩子。也許他偷聽到我們的討論吧，所以一口咬定王良摩就是柴進賢案的關鍵。

那孩子才是真正的象頭盔，同時也是 Elepant。不過他曾寄住自修室，又跟我一樣在祕密調查王良摩的事情，所以不幸被誤會是朱建玄才遇上這種事。

這個孩子是因為我才不小心殺了人，這是重罪，那麼我應該視而不見？說到底我們不過是萍水相逢的陌生人，但怎麼說，這個夏天教會我的事就是我們都是兄弟、是手足，我同情他。也許還有其他原因，像是我的父母太囉嗦，一直催促我回家，叫我不要被人利用上街搗亂之類，這些聽太多太厭煩反而更使我不願離開香港，結果不知怎的，我就叫了那孩子先走，讓我留在房內就可以。

那孩子離開後，我嘗試用布抹去匕首上他的指紋，並想辦法如何掩飾眼前的一切。這時候玻璃窗突然爆開了，其他人都湧到門外，我唯有頂著房門，想假裝同時被襲也許能減輕刑罰，便盡我知識範圍內把匕首插在最不致命的腰間，痛得大叫一聲，我就昏倒了。

朦朧中隱約聽見有個很吵耳的女生一直在說她的推理，雖然很可笑，但她的聲音還是不錯聽的，到最後我也聽了她的話，也算是托她的福如今坐在自由的夜空下。

平安夜，聖善夜！

萬暗中，光華射。

璀璨燈柱穿梭熱鬧的街道，馬路口有人把一堆圓筒狀的垃圾桶貼上貼紙串成一排小小兵（Minions），十分歡樂。楚佩心哼唱著歌，問：「說這麼久，你還沒回答真正的象頭盔是誰。」

一個中學生的身影漸漸走近，十四、五歲，個子高、瘦削，戴著眼鏡。他害羞地跟我和楚佩心打招呼，明明都不是第一次見面還是很怕生。

「阿星！」楚佩心高興笑道：「果然當晚那個穿黃色雨衣的人是你吧？」

阿星微微點頭，我問：「今晚交通很擠塞嗎？見你遲到還有點擔心。」

阿星答：「不。事情終於完結，我剛剛把柴先生的遺書交給了他的父母。」

「原來他的遺書在你手上。他們收到之後怎樣？」

「哭了。」

楚佩心高調扯開話題：「這麼高興的日子哭什麼呢！對了，阿星，佩心姐知道你為何叫 Elepant 了。我看過你的 Telegram 帳號，叫 @planete，只要稍為把字母易位，就是 @elepant 呢！」

阿星微笑回答：「佩心姐很聰明。」

「不過嘛，為什麼你選擇大象代表自己？象有什麼意思嗎？」

「我小時候看過一套紀錄片，說象是母系家族，母象誕下子女後會一直照顧著牠們，直接兒子長大獨立，成家立室。可是象女兒不會離開母象，會繼續待在象群裡，等有一天繼承母象的意志成為象群的首領。所以大象是動物界中很罕見的，有著象外婆照顧象孩子的三代同堂的關係。我跟父母關係不太好，反而外婆最疼我……所以對象特別有感情。」

楚佩心拍阿星的頭說：「怎麼還是這樣沉重的話題！今天這麼高興的日子別說掃興話，不如你告訴我那個魔法是什麼原理吧？在隧道內把五十人一同消失的魔法。」

阿星摸著後腦尷尬說：「那不是魔法啦。其實跟我一起跑的五十人我都不認識，我招募的五十人當時圍在隧道的入口處；當我們經過隧道時那些人就一同往隧道探頭，令別人以為有人跑進隧道似的。這樣羊群心理，在場所有人都望過去了，就沒有人理會我們繞過隧道口離開。當然也得靠其他觀眾沒有揭穿我的魔術才成事。」

「原來如此，竟然想出這種方法捉弄警察。」

「不是要存心捉弄他們的。只是有一天不知哪裡聽見有人說，如果有種逃走魔法能夠在眾目睽睽下消失就好，我覺得很有趣，於是我就嘗試看看罷了。」

「有趣喔，呵呵。沒錯，今天也是個有趣的日子，我們要高興一點！」

黎明來到　要光復　這香港

同行兒女　為正義　時代革命[2]

不經意間聖詩的歌曲換了，有人一把火把馬路上的「小小兵路障」燒起來，燒成一道火牆，牆後全身盔甲的防暴警察往高處發射催淚彈，火花在燈柱上掠過，反射在摩天大樓的鏡面玻璃中。

街道頓時煙霧漫迷，公車駛在迷霧中；車內的人一邊插耳機聽音樂，一邊隔著車窗察看燃燒彈與子彈橫飛。他們看見一枚催淚彈不慎射破了高樓的玻璃窗，高溫燒著了玻璃幕牆的燈飾，就如火龍一樣燒至十數米外，把冬天都燒得火紅，原本刺骨寒風變成了灼燙的化學氣體。

雖然如此，我們還是深信著我們的這顆流星不會飛墜，不會從此光華消逝。我牽著佩心和阿星離開，今晚先換個地方休息吧。雖然已經無法回頭，但黎明過後將會是新一天的開始。

2《願榮光歸香港》：由化名「Thomas dgx yhl」作詞作曲，LIHKG網民協助填詞，於八月份最後一天出版的一首原創歌曲。為整場反修例活動中最具代表性的歌曲之一，甚至有人稱為「國歌」。

境外之城 106

崩堤之夏

作　　者／黑貓 C
企畫選書人／張世國
責 任 編 輯／張世國

發　行　人／何飛鵬
副 總 編 輯／王雪莉
業 務 經 理／李振東
行 銷 企 劃／陳姿億
資深版權專員／許儀盈
版權行政暨數位業務專員／陳玉鈴
法 律 顧 問／元禾法律事務所　王子文律師
出版／奇幻基地出版
城邦文化事業股份有限公司
台北市 104 民生東路二段 141 號 8 樓
電話：(02)25007008　　傳眞：(02)25027676
網址：www.ffoundation.com.tw
e-mail：ffoundation@cite.com.tw
發行／英屬蓋曼群島商家庭傳媒股份有限公司城邦分公司
台北市 104 民生東路二段 141 號11 樓
書虫客服服務專線：(02)25007718・(02)25007719
24 小時傳眞服務：(02)25170999・(02)25001991
服務時間：週一至週五09:30-12:00・13:30-17:00
郵撥帳號：19863813　　戶名：書虫股份有限公司
讀者服務信箱 E-mail：service@readingclub.com.tw
歡迎光臨城邦讀書花園 網址：www.cite.com.tw
香港發行所／城邦（香港）出版集團有限公司
香港灣仔駱克道 193 號東超商業中心 1 樓
電話：(852) 2508-6231 傳眞：(852) 2578-9337
馬新發行所／城邦（馬新）出版集團
【Cite(M)Sdn. Bhd.(458372U)】
11, Jalan 30D/146, Desa Tasik,
Sungai Besi, 57000 Kuala Lumpur, Malaysia.
電話：(603) 90578822　　傳眞：(603) 90576622

封面設計／朱陳毅
排　　版／極翔企業有限公司
印　　刷／高典印刷有限公司
■2020 年（民 109）3月30日初版一刷

售價／350元

國家圖書館出版品預行編目資料

崩堤之夏 / 黑貓 C 著　一初版一台北市：奇幻基地，城邦文化發行；
家庭傳媒城邦分公司發行 2020.4（民109.4）
面：　公分. –（境外之城：106）
ISBN 978-986-98658-3-8（平裝）

857.7　　109002595

ISBN　978-986-98658-3-8

Printed in Taiwan.

廣　告　回　函
北區郵政管理登記證
台北廣字第000791號
郵資已付，免貼郵票

104台北市民生東路二段141號11樓
英屬蓋曼群島商家庭傳媒股份有限公司城邦分公司 收

請沿虛線對摺，謝謝

奇幻基地

每個人都有一本奇幻文學的啓蒙書

奇幻基地官網：http://www.ffoundation.com.tw
奇幻基地粉絲團：http://www.facebook.com/ffoundation

書號：1HO106　　書名：崩堤之夏

請於此處用膠水黏貼

奇幻基地

讀者回函卡

謝謝您購買我們出版的書籍！請費心填寫此回函卡，我們將不定期寄上城邦集團最新的出版訊息。

姓名：＿＿＿＿＿＿＿＿＿＿　　性別：□男　□女

生日：西元＿＿＿＿年＿＿＿＿月＿＿＿＿日

地址：＿＿＿＿＿＿＿＿＿＿

聯絡電話：＿＿＿＿＿＿＿傳真：＿＿＿＿＿＿＿

E-mail：＿＿＿＿＿＿＿＿＿＿

學歷：□1.小學　□2.國中　□3.高中　□4.大專　□5.研究所以上

職業：□1.學生　□2.軍公教　□3.服務　□4.金融　□5.製造　□6.資訊

□7.傳播　□8.自由業　□9.農漁牧　□10.家管　□11.退休

□12.其他＿＿＿＿＿＿＿＿

您從何種方式得知本書消息？

□1.書店　□2.網路　□3.報紙　□4.雜誌　□5.廣播　□6.電視

□7.親友推薦　□8.其他＿＿＿＿＿＿＿

您通常以何種方式購書？

□1.書店　□2.網路　□3.傳真訂購　□4.郵局劃撥　□5.其他

您購買本書的原因是（單選）

□1.封面吸引人　□2.內容豐富　□3.價格合理

您喜歡以下哪一種類型的書籍？（可複選）

□1.科幻　□2.魔法奇幻　□3.恐怖　□4.偵探推理

□5.實用類型工具書籍

為提供訂購、行銷、客戶管理或其他合於營業登記項目或章程所定業務之目的，英屬蓋曼群島商家庭傳媒（股）公司城邦分公司，於本集團之營運期間及地區內，將以電郵、傳真、電話、簡訊、郵寄或其他公告方式利用您提供之資料（資料類別：C001、C002、C003、C011等）。利用對象除本集團外，亦可能包括相關服務的協力機構。如您有依個資法第三條或其他需服務之處，得致電本公司客服中心電話 (02)25007718請求協助。相關資料如為非必要項目，不提供亦不影響您的權益。

1. C001辨識個人者：如消費者之姓名、地址、電話、電子郵件等資訊。
2. C002辨識財務者：如信用卡或轉帳帳戶資訊。
3. C003政府資料中之辨識者：如身分證字號或護照號碼（外國人）。
4. C011個人描述：如性別、國籍、出生年月日。

對我們的建議：＿＿＿＿＿＿＿＿＿＿

＿＿＿＿＿＿＿＿＿＿

＿＿＿＿＿＿＿＿＿＿

請於此處用膠水黏貼